SIGURD

« Aux monstres, à ceux qui les tuent...

Et à ceux qui les enfantent. »

Federico Saggio

ÉDITIONS
Cavaliers Seuls

ISBN : 9798652672362

Concepteur de la couverture : Jelena Gajic

A Laurence, l'Amour de ma vie,
Qui, émergeant de l'obscurité,
A illuminé ma Longue Nuit,
Tenu le Cauchemar éloigné,
Et chassé les Ombres délétères.
Ensemble, nous ne connaîtrons plus d'Hiver.

Table des Matières

Partie 1 : Fé

ᚠ

Richesse et avidité

Les loups affamés rôdent dans la forêt

L'éveil

La neige.

Le froid.

Et le vent.

Mais je ne sens absolument rien de tout cela. Pas même mes doigts qui s'engourdissent. Pas même mes muscles qui se tétanisent.

La seule sensation qui m'étreint, c'est ce terrible sentiment de solitude, cette mélancolie implacable qui ne me quitte plus désormais.

À présent que je sais ce que je sais, rien ne me paraît plus réel, ni plus tangible, que ce terrible sentiment d'inéluctabilité face à la mort tandis que j'ajuste ma mire.

Ma proie est magnifique. Elle hume l'air et profite des derniers rayons de soleil sans se douter de rien. Heureux soit-il, l'animal qui ignore tout de sa condition d'être mortel et éphémère. Il ne sait rien de ce qu'il est, ni d'où il vient – et il n'en a cure.

Il ne sait rien non plus du sort qui l'attend.

Je suis Sigurd et la tâche qui m'attend est titanesque - quant à l'élan, sa mort servira un plus grand dessein.

Je suis nu, aussi me parerai-je de ses peaux.

Je suis affamé, aussi me repaîtrai-je de ses chairs.

J'ai besoin de force et de courage, aussi me nourrirai-je de sa vie tout entière.

L'Hiver éternel approche et promet de régner sur ces terres gelées, abandonnées des Dieux.

Un Hiver impitoyable, prophétique, dont les prémisses ont déjà emporté mes parents.

Mais aujourd'hui je sais qui je suis.

Moi, Sigurd, je suis là.

L'arc bandé d'une main sûre, je me tiens debout.

Qu'importent la quantité de sang versé, la douleur qui me cingle ou l'étreinte de la vérité : jamais plus je ne ploierai le genou.

L'Hiver éternel est sur nous et je ne sens plus sa morsure depuis bien longtemps.

L'élan relève légèrement la tête pour humer l'air, le nez frémissant.

Même s'il sent mon odeur, rien ne pourra plus le soustraire à mon pouvoir.

Qui pourrait intercéder en sa faveur, désormais ?

Qui donc pourrait inverser le cours des choses, sur ces terres maudites désertées par les Dieux eux-mêmes ?

Qui donc, à présent, pourrait prétendre voler sa proie à Sigurd?

Aujourd'hui, je sais ce que je sais et je suis en route pour réclamer ce qui est mien.

Chapitre 1

Je me souviens d'une époque...

Je n'avais que quelques printemps.

Je ne savais rien, alors.

Et je brûlais d'apprendre. Aussi passais-je mon temps auprès de Mîme - en silence pour ne pas me faire rabrouer, immobile pour ne pas lui faire de l'ombre, prétendant ne pas exister pour ne pas le contrarier.

J'absorbais avidement son savoir tant que cela m'était permis, j'avalais goulûment ses paroles, tandis qu'il manipulait des substances dont j'ignorais tout, sous mes yeux d'enfant impressionnable.

Il m'enseignait l'art des Runes et m'avait soumis dès l'âge tendre à un entraînement physique terriblement exigeant, que j'appréhendais sans peine ; à force d'entraînement, l'épée usée qu'il m'avait confiée était devenue le prolongement de ma volonté. Ma lame semblait douée de vie, chantant pour moi tandis que je reproduisais inlassablement les mêmes bottes, sifflait tandis que je découpais furieusement les ennemis invisibles et autres monstres imaginaires qui me cernaient de toutes parts... sous le regard peu amène de Mîme, toujours à l'affût du moindre défaut dans ma posture, de la moindre faille dans ma garde, de la moindre imperfection dans mes mouvements.

Malgré tout, peut-être sont-ce là les seuls souvenirs heureux qu'il me reste de cette période passée aux côtés du Nain : le maniement des armes. Alors, pouvais-je espérer saisir un éclair fugace dans son regard - peut-être était-ce de l'admiration, sans doute y avait-il un peu de respect, durement gagné... mais surtout, j'aimais à y voir de la crainte...

La crainte de ce qu'il forgeait malgré lui.

La crainte de celui que je devenais, de jour en jour.

Alchimiste, forgeron, inventeur... Je n'aurais su dire ce qu'était mon tuteur.

Il avait renoncé très tôt à m'expliquer certaines choses et s'agaçait très vite de mes questions, qu'il jugeait absurdes. Alors, un silence paisible régnait sur la chaumière, à peine troublé par le son d'une mixture en train de bouillir, du métal tordu, d'un soufflet qui s'active.

Parfois, quand Mîme me croyait sorti ou endormi, il forgeait quelque arme étrange qu'il rangeait ensuite avec soin dans un coin de sa réserve qui m'était interdit.

Je me souviens avoir passé des heures, durant mon enfance, à l'observer avec fascination depuis ma cachette.

Malgré notre promiscuité, je n'avais pas la moindre idée du but qu'il poursuivait en confectionnant tous ces objets.

Alors je me contentais de le fixer le plus sagement possible.

Je m'efforçais d'apprendre.

Mîme, cette horrible petite chose déformée, toute en excroissances et en difformités.

La peau grisâtre, le nez épaté, le front et les joues criblés de cicatrices.

Mais je n'avais pas conscience de sa laideur, en ce temps-là. En aucun cas.

Comment aurait-il pu en être autrement ?

Il était le seul être vivant qu'il me fût donné de fréquenter durant les premières années de ma vie. Le seul être avec lequel j'aie pu dialoguer...

Non.

Un dialogue implique que les deux interlocuteurs échangent d'une quelconque manière...

Et ce n'est pas ainsi que les choses se déroulaient avec Mîme.

Mîme parlait et j'écoutais.

Mîme ordonnait et je m'exécutais.

Il était tout petit. Ridiculement petit. Dépenaillé.

Grotesque, même, emmitouflé qu'il était dans ses robes brunes en lambeaux.

Et de lui n'émanait aucune forme d'autorité. Il suintait de frustration, d'amertume, de regrets contenus.

De colère et de peur.

Mais il était tout ce que j'avais. Et j'avais rapidement appris à vivre avec.

Ça n'avait pas été chose facile, cependant ; j'étais tout ce qu'il n'était pas.

Je brûlais d'une passion intérieure. Littéralement.

Et si je restais inconscient de son incroyable laideur, j'étais parfaitement au fait de nos différences.

Très jeune déjà, je le dominais de plusieurs têtes.

Tandis qu'il était veule, malade et souffreteux, j'étais parfaitement capable de dormir nu dans la neige et de courir avec les loups - ce que je faisais une nuit sur trois, à son grand dam.

Et par-dessus tout, mon inaptitude aux Arts, dont Mîme, avec le temps, s'était rendu maître, le transportait de rage. Il déversait sur moi son mépris avec une jubilation affreuse :

– *Tu n'es pas un Artisan,* avait-il craché un jour, le regard empli d'une lueur de vice à laquelle j'étais désormais habitué depuis bien longtemps. *Et tu ne vaudras jamais un Nibelung. Tu n'es qu'un barbare.*

Cette notion de « barbare » était alors un mystère pour moi.

De mon point de vue, lui qui m'élevait, lui l'ermite pouilleux isolé aux confins du monde, seul dans sa cabane avec un enfant qui ne lui ressemblait en rien et qu'il traitait comme un animal indiscipliné, lui était un sauvage.

Le sauvage qui avait fui la civilisation.

Sa civilisation.

Oui, Mîme m'avait parlé de la civilisation. Il m'avait décrit les siens, il m'avait parlé de sa cité. Le Royaume des Brumes, creusé dans les entrailles d'une montagne, avec ses minuscules maisons de pierre taillées à même la roche, où brillaient doucement les lampions des Nibelungen, artisans dans l'âme qui travaillaient nuit et jour au son des enclumes et des forges.

Le Royaume des Brumes, pudiquement drapé dans ses volutes de fumée ambrée, où reposaient les secrets et les trésors les plus fabuleux que puisse receler ce monde encore jeune.

Puis le Royaume avait sombré.

Mîme m'avait conté leur fuite, son exil.

Il m'avait parlé de tout cela tandis qu'il rampait péniblement dans son vomi, après avoir ingurgité quelques flasques de cette gnôle qu'il confectionnait pour son usage exclusif.

– *Le Dragon ! Fafnir ! Le Dragon...* balbutiait-il, le regard vitreux.

– *Quel Dragon ?* m'étais-je aventuré à lui demander - chose exceptionnelle.

– *La honte des Nibelungen. Le Trésor. La honte... l'héritage de Nibelheim !* avait-il braillé, s'étouffant de colère.

C'est tout ce que j'avais pu en tirer, ce soir-là. Il avait fini par s'écrouler dans ses déjections, sombrant dans un sommeil proche de la mort de longues heures durant.

Je me souviens avoir ravivé le feu pour conserver la chaleur en mon absence, puis être sorti.

Le temps de la confrontation approchait.

J'avais grandi, j'avais forci, j'avais mûri.

Et je ne me satisfaisais plus de ses silences teintés de mépris.

Je n'acceptais plus aussi facilement ses emportements, sa rage et sa frustration, les éclats de fureur qui le prenaient régulièrement.

Une colère plus sourde couvait en moi, différente de la sienne qui était empreinte de peur. La mienne puisait sa source dans le sentiment confus d'avoir été lésé depuis ma prime enfance.

J'avais cette sensation intolérable d'être confiné à un rôle qui ne me convenait pas.

Où était-il écrit que je devais servir de page à une créature aussi pitoyable ?

Qui donc avait décrété que je devrais assister sans mot dire au spectacle affligeant de sa déchéance ?

Je valais mieux que cela.

Bien mieux que cela.

C'est avec ces pensées en tête que cette nuit-là, je sortis courir dans la neige.

Comme à chaque fois, l'euphorie de la liberté des grands espaces chassa mon amertume tandis que l'air frais et vivifiant emplissait mes poumons.

Je hurlai à la lune, puis tendis l'oreille.

Au loin, portée par le vent, me parvint la réponse que je guettais.

Le loup noir qui avait accompagné mes jeux d'enfance, Bleis, m'attendait.

Cette nuit, nous chasserions ensemble.

Mîme se réfugiait dans sa gnôle, se drapait de manière pathétique dans les effluves d'alcool pour oublier sa condition de créature misérable sans avenir.

C'était ce qui lui permettait de tenir.

Quant à moi, j'avais besoin de me sentir vivant.

J'avais besoin de sang.

Que l'ivresse de la chasse me vrille les sens.

J'aimais l'odeur de la peur chez mes proies. Courir à perdre haleine pour les rattraper tandis qu'elles fuyaient et, au terme d'une lutte sans merci, plonger mes mains dans leur poitrine encore brûlante de la chaleur de la vie pour en retirer le cœur et le dévorer à pleines dents, toujours palpitant.

Bleis attendait patiemment son tour derrière moi. La carcasse était pour lui.

Mîme avait tort.

Je n'étais pas un sauvage.

J'étais un guerrier primitif.

Je suis né pour être ce que je suis, je l'ai toujours su et je ne l'ai jamais combattu.

Nu et accroupi dans la neige, indifférent au vent qui me cinglait le corps, j'étais dans mon élément.

Mîme avait tort.

Et je n'avais cure de ce qu'il pouvait bien penser de moi ; je savais pertinemment que je n'étais pas un Nibelung. Que je n'en serais jamais un.

Mais en avais-je jamais eu envie ?

Telle n'avait jamais été mon ambition.

Non, j'étais incroyablement plus à l'aise au milieu des bêtes sauvages.

Quant à Mîme...

Je ne lui enviais ni son physique disgracieux, ni la lueur de couardise qui illuminait ses grands yeux jaunes exorbités lorsqu'il sentait qu'il était très près de dépasser les limites vis-à-vis de moi.

Mais il détenait le savoir.

Le savoir des Nibelungen, hérité des Ases, ces êtres divins au pouvoir absolu et incontesté.

Au loin, Bleis hurla de nouveau - me sortant de l'espèce de torpeur dans laquelle j'étais en train de sombrer, aussi me remis-je à courir dans sa direction.

Cet appel était différent du précédent.

Très différent, même ; il résonnait davantage comme une plainte.

Un long hurlement mêlant surprise, incompréhension...

Et douleur.

Je stoppai net ma course et récupérai l'arc qui me cinglait le dos - ma seule possession et le seul présent que Mîme m'ait jamais fait.

J'approchai prudemment désormais ; Bleis était tout près de l'endroit où je me tenais.

Il glapissait par intermittence et sa respiration était saccadée, pénible, haletante.

Son sang imbibait la neige sur laquelle il reposait, rendue écarlate.

Il était mourant.

Bleis gisait sur le flanc. Sa gueule ouverte laissait entrevoir des crocs souillés par son propre sang. Sa langue pendait de côté et ses yeux roulaient dans leurs orbites.

Pour la première fois depuis que je côtoyais le loup, je ressentis sa terreur.

Et pour la première fois de ma vie, la terreur que je ressentais chez une autre créature ne provoquait aucune euphorie en moi.

J'étais tellement choqué par le spectacle qui s'offrait à ma vue - l'incarnation de la puissance jetée bas, mon seul ami, mon frère, mon compagnon à l'agonie... que je mis de longues secondes à réaliser qu'un homme se tenait à côté de lui.

C'était le premier être humain que je voyais de ma vie ; sa barbe grisonnante fournie le désignait comme quelqu'un d'âgé - mais il ne semblait pas ployer sous le poids des années pour autant.

De fait, l'homme respirait le pouvoir et la puissance ; avec pour seuls habits un pagne et un manteau de fourrure jeté en travers de ses larges épaules, pas un frisson ne parcourait son corps musculeux.

Le regard sombre et coléreux, il me toisait durement de son œil unique.

Son poing droit, ganté, dégoulinait encore du sang presque noir de Bleis : aussi improbable que cela puisse paraître, l'homme avait mortellement blessé le grand loup à mains nues.

De sa main gauche, il tenait une lourde lance à la hampe ouvragée, sur laquelle il s'appuyait nonchalamment.

– *Qui es-tu, toi qui te présentes à moi nu comme un ver, comme un nouveau-né ?* tonna-t-il d'une voix terrible.

– *Je suis Sigurd*, fut la seule réponse que je sois capable d'opposer.

– *Sigurd...*

Sigurd, fils de qui ?

Le ton outragé de sa voix.

Cette façon terrible qu'il avait de prononcer mon nom. Avec un mélange de dégoût et de colère.

– *Et où crois-tu aller comme cela, Sigurd, fils de personne ?* reprit-il, tandis que je restai coi. *Que cherches-tu à accomplir ?*

Que répondre à cela ? Quelques instants auparavant, je n'aspirais - sans trop y croire - qu'à maîtriser le savoir de Mîme.

À courir dans la toundra et à chasser aux côtés de Bleis.

Je ne savais rien de mon ascendance. Je n'en avais jamais rien su.

J'avais bien cherché à en apprendre davantage mais le Nibelung ne m'avait jamais rien révélé ; il avait toujours prétendu m'avoir trouvé par hasard en forêt après que mes parents m'aient abandonné.

Bleis se vidait de son sang. Il était à peine lucide, à présent ; je lâchai mon arc et allai m'agenouiller près de lui.

L'inconnu se contenta de me regarder faire sans esquisser le moindre geste pour m'en empêcher. Je sentais son regard peser lourdement sur moi.

Je caressai doucement la tête du loup ; la tristesse m'étreignait le cœur, mais aussi un inexplicable sentiment de mélancolie.

Je perdais mon compagnon, mais je sentais confusément que je m'apprêtai à faire le deuil d'une partie de moi-même.

J'accompagnai Bleis dans la mort, en silence, me contentant de l'apaiser de quelques caresses.

Ses yeux me cherchaient sans me voir, voilés par la douleur et empreints d'une peur primitive. Il huma l'air dans ma direction et lécha doucement la main que je lui présentai... avant de rendre son dernier souffle.

Alors, je plongeai ma main dans la blessure de sa poitrine pour en sortir son cœur encore chaud.

– *Tu n'es pas un loup, Sigurd.*

Ce ton vibrant d'indignation, de nouveau. Avec davantage de colère encore.

Sans répondre à l'inconnu, je me redressai pour lui faire face et sans le quitter du regard, portai le cœur de Bleis à mes lèvres pour le dévorer. La colère et la peine que je ressentais se muèrent progressivement en un sentiment de puissance sauvage ; j'avais la sensation d'absorber la force et la vie du loup.

Il ne disparaîtrait donc pas à jamais.

Le sang me maculait le visage et la poitrine et ce simple fait acheva de me redonner l'assurance dont j'avais besoin pour faire face à l'étranger.

...lequel se contentait toujours de me fixer, impassible - était-ce un éclat moqueur que je pouvais à présent voir briller dans ses yeux?

– *Tu n'es pas un loup, Sigurd,* répéta-t-il. *Le sacrifice de celui que tu nommais Bleis n'est qu'un avertissement. Un avertissement nécessaire, avant que tu ne te détournes irrémédiablement de ta voie.*

– *Qui es-tu, toi qui oses te présenter devant moi et ôter la vie de l'un des miens ? Qui es-tu, toi qui prétends me dire quelle est ma voie ?*

L'homme m'opposa un rire incrédule pour toute réponse. Un rire effilé qui m'enserra le cœur et fit naître un sentiment nouveau dans ma poitrine ; un mélange de peur et de honte.

Au fond de moi, il me semblait connaître la réponse à ma question. Mais je n'osais toutefois pas encore formuler ma pensée à voix haute.

Je le sentais dans mes tripes, cependant ; l'homme était un Ase.

Un Dieu.

Un être tout-puissant.

Car qui d'autre aurait pu se tenir là, face à moi, et ne pas trembler devant les conséquences de son acte ?

Quelle autre créature aurait pu tuer Bleis aussi brutalement et sortir de l'affrontement sans la moindre égratignure ?

Ce ne pouvait être qu'un Ase.

Ces Dieux qui parcouraient impunément les Neuf Mondes et jouaient avec la vie des hommes.

– Je ne suis pas ici pour t'éclairer, mais pour t'offrir une double mise en garde : la première est pour toi. Mets-toi en quête de celui que tu es, cherche les réponses auprès de celui qui est en mesure de te les donner : alors, tu pourras accomplir ce que tu dois... ou sombrer dans la folie et dans l'oubli.

Le second avertissement est pour la créature pathétique qui t'a recueilli. Tu diras à Mîme qu'il ne pourra jamais prétendre être ce que nous sommes. Et que son devoir est de reforger Adelring, l'épée de ton père, afin que tu obtiennes ce qu'il ne possédera jamais plus.

Mon père ? Cet homme détenait des réponses aux questions qui me taraudaient depuis toujours !

Mon père... Pourquoi m'avait-il abandonné ? Comment son épée s'était-elle brisée ?

Les questions se bousculaient au bord de mes lèvres, sans pour autant pouvoir en franchir le seuil.

L'envie de venger Bleis me rongeait les entrailles, faisant bouillir mon sang d'une rage terrible qui ne demandait qu'à exploser.

Et pourtant, je demeurai silencieux, impavide...
...tétanisé.

Si ce vieil homme était bel et bien un Ase...

J'étais nu et armé de mon seul courage bravache face à un Dieu.
Je n'avais donc pas le choix : pour l'heure, il me faudrait ravaler ma fureur, mes velléités de vengeance et ma soif de sang pour rentrer au plus vite.
Rentrer et confronter Mîme, lui arracher la vérité. Dussé-je lui ouvrir la poitrine, à lui aussi ; et si je devais en arriver à cette extrémité, j'étais assuré de prendre davantage de plaisir qu'avec Bleis.
L'étranger saisit un objet qui pendait à sa ceinture pour le jeter à mes pieds.

– *Prends. Mîme le reconnaîtra.*

C'était une pierre. Une simple petite pierre lisse, ornée d'une rune que je fus incapable de lire.
Après m'être saisi de l'objet, je jetai un dernier coup d'œil courroucé en direction de l'étranger pour enfin me détourner de lui.

Je pouvais sentir son regard noir peser sur mon dos tandis que je faisais route vers la chaumière de Mîme.

Mîme, qui gisait probablement toujours évanoui dans son vomi, exactement dans le même état que lorsque je l'avais quitté quelques heures auparavant.

Lorsque je me retournai en direction de l'étranger, ce fut pour constater qu'il avait disparu sans laisser de traces.

Sans le sang poisseux maculant toujours mon visage, mes mains et ma poitrine, j'aurais pu croire que j'avais rêvé.

Le goût âcre et métallique du sang de Bleis persistait dans ma bouche, rappel cuisant que je lui avais dévoré le cœur.

Mais ma route avait bel et bien croisé celle d'un Ase et mon destin était en marche.

Lorsqu'enfin je me tins à l'entrée de la maisonnée qui m'avait vu grandir, je ne résistai pas une seule seconde à l'envie d'en défoncer la porte : je la fracassai d'un coup de pied rageur et mon regard maussade tomba sur le nabot qui était, comme attendu, toujours inconscient dans ses déjections en plein milieu de la pièce à vivre.

Le feu mourait doucement dans la cheminée.

– *Réveille-toi, par les Dieux* ! tonnai-je.

– *Aaaah... Fous-moi la paix. Que ne vas-tu pas te perdre... dans la forêt. F-foutu... Foutu barbare.* Mîme releva légèrement la tête vers moi, les paupières à peine entrouvertes. *T-tu... tu es couvert de sang...*

Tandis que je m'avançai vers lui, sentant la colère monter davantage encore en moi, il partit d'un rire moqueur :

– *Quelle pauvre créature as-tu encore… goûté, hein ?* Il manqua se vomir dessus derechef. *Brrl… foutu barbare…*

Sans répondre, je le saisis au col d'une main avant de le soulever pour le maintenir au niveau de mon visage :

– *Dégrise, animal ! J'ai besoin de réponses.* Je le secouai rudement et sa tête se mit à valser de part et d'autre. *De réponses, te dis-je ! Maintenant !*

– *Laf… La fiole orange, p-petit,* balbutia-t-il péniblement, la peur écarquillant ses vilains yeux jaunes.

Je le balançai violemment sur sa paillasse, indifférent aux hoquets et sanglots étouffés qui jaillissaient en cascade de sa carcasse pathétique, et me portai vers son établi d'alchimiste.

Il ne me fallut que quelques secondes pour localiser ladite fiole; c'était toujours la même chose : Mîme buvait jusqu'à n'en plus pouvoir, mais prévoyait tout de même systématiquement une potion qui lui permettrait d'alléger le mal de l'alcool.

Pitoyable.

Je me saisis de la mixture et la débouchai du pouce. Puis je m'avançai, toujours aussi menaçant, vers le nain qui gisait tremblant de peur, sur sa couche.

Je lui maintins la bouche ouverte et lui déversai le tout dans le gosier sans ménagement.

– *Assez de faux-fuyants ! Assez de mensonges !* hurlai-je, hors de moi. *Qui sont mes parents ? Où sont-ils ? Qui suis-je, par les Dieux ?! Et que suis-je censé accomplir ?!*

– *Je... Je ne...*

– *« Tu diras à Mîme qu'il ne pourra jamais prétendre être ce que nous sommes. Et que son devoir est de reforger Adelring, l'épée de ton père, afin que tu obtiennes ce qu'il ne possédera jamais plus » ! Que veulent dire ces mots ? Parle ou je t'ouvre le crâne !*

– *De... qui les tiens-tu ?!* couina Mîme, une terreur absolue dans le regard.

Pour la première fois de ma vie, je lui décochai un coup de poing : son nez éclata sous la puissance de l'impact. Un autre et sa tête bascula en arrière.

Ses yeux se révulsèrent.

Dans ma rage, je l'avais assommé.

Mes yeux tombèrent sur mes mains, qui agrippaient toujours le col de ses robes miteuses ; elles tremblaient.

Je le lâchai et il glissa doucement sur sa paillasse.

Mort, il ne me serait plus d'aucune utilité...

Incapable de calmer les battements de mon cœur, j'allai m'agenouiller à l'extérieur.

Nu dans la neige, poings fermés entre mes jambes, les yeux clos.

Espérant de tout mon être que le froid vienne engourdir mes membres, ralentir mon cœur, glacer mes veines, atténuer ma rage.

Mais il n'en fut rien.

Je restai ainsi jusqu'au petit matin, bouillant de rage, à ruminer sur les mensonges probables du Nain, sur la mort de mon loup et sur la destinée qui m'était dévolue.

Mais je n'appréhendais pas le jour qui s'apprêtait à se lever. Non : ce serait le lot de Mîme.

Car aujourd'hui, je me révélais à moi-même.

Ce jour, il était dit que je m'accomplirais pour devenir celui que j'étais censé être.

Sigurd.

Sigurd...

...fils de qui ?

Lorsqu'au petit matin, j'étais rentré dans la chaumière, ç'avait été pour trouver Mîme assis en tailleur au coin du feu.

Un œil poché, le nez cassé et sanguinolent, l'air grave.

Mais tout disposé à me raconter l'histoire de ma vie.

Enfin.

Alors je l'avais écouté des heures durant.

Je l'avais écouté me conter comment mon père Sigmund et ma mère Sieglinde avaient trouvé la mort dans un combat perdu d'avance face à un ennemi inconnu.

J'avais bu ses paroles tandis qu'il m'expliquait que j'étais le descendant des Ases, arrière-arrière-arrière-petit-fils en droite lignée d'Odin et qu'il m'incombait, à moi et à moi seul, de faire valoir leurs droits sur le trésor perdu des Nibelungen.

Qu'il en allait de la pérennité de ce monde, ainsi que des huit autres.

Mon but était donc évident à présent : il m'appartenait d'abattre Fafnir.

Il en allait de mon honneur, de ma vie et de celles de tous ceux qui craignaient le pouvoir des Ases tout autant que l'avènement du Ragnarök.

– *Fafnir*, interrogeai-je encore Mîme. *Qu'est-il exactement ?*

– *Fafnir est de la race des Dragons. Une créature cruelle, sanguinaire, une créature maudite. Une âme perdue dans les limbes de son propre désir, noyée dans les flots tumultueux de sa propre avidité.*

Aujourd'hui et à jamais, ajouta le Nain, amer, *nous autres Nieblungen sommes les exclus du monde de Nibelheim et de tous les autres.*

– *Tu as déjà mentionné la « honte » des Nibelungen. Quelle est-elle ?*

– *Fidèles sujets du roi Hreidmar, nous possédions autrefois et de plein droit le Trésor que les Ases revendiquent aujourd'hui. Il était la fierté de tout un peuple, un pied-de-nez à la tyrannie des Dieux qui nous le jalousaient... à présent le Dragon se l'est accaparé, ma race est éteinte et le trésor qui devrait échoir aux derniers représentants de mon peuple est revendiqué par les Ases par ton biais.* Mîme me jeta un regard brûlant de colère : *Et tu te demandes encore pourquoi je fais preuve d'autant d'amertume ?*

– *Ton amertume ne me fait ni chaud ni froid,* répliquai-je abruptement. *Ce Trésor, quel est-il ?*

– *Tu devras le découvrir par toi-même, Sigurd,* me tança-t-il, goguenard. *Après avoir occis Fafnir, cela va sans dire. Ma tâche n'a jamais consisté qu'en cela : te préparer au combat qui t'attend, te mener jusqu'à l'antre du monstre.*

– *L'étranger m'a parlé de l'épée,* lançai-je encore, faisant tout mon possible pour maîtriser la colère qui menaçait de s'emparer de moi devant l'impertinence du nabot.

– *Adelring. La lame de ton père est indispensable si tu veux jeter bas le Dragon.*

Je t'ai enseigné l'art des Runes, petit. J'ose croire que tout ce temps, mes enseignements t'ont profité. Je t'ai donné les outils, à toi de faire bon usage de ton potentiel. Après tout, le sang du Père de Tout ne coule-t-il pas dans tes veines ?

Je ne répondis pas, me contentant de lui lancer la pierre runique que m'avait confié l'étranger un peu plus tôt.

– *Je... Nous la reforgerons ensemble, gamin,* murmura le Nain, absorbé par la contemplation de l'objet.

– *C'est la dernière fois que tu m'appelles « gamin », Mîme. Ou, foi de Sigurd, fils de Sigmund, je t'écorche vif pour te jeter en pâture au Dragon que je me promets d'abattre.*

Mîme ne trouva rien à redire à cela : de fait, il me savait parfaitement capable de mettre mes menaces à exécution.

– *Qu'est-ce que c'est que cet objet* ? demandai-je.

– *Plus qu'une pierre, c'est un symbole. Un signe.*

– *Que signifie-t-il ?*

– *Que l'heure a sonné de recouvrer une dette vieille comme le monde.*

J'avais besoin de réfléchir à tout cela au calme.

Il me fallait m'oublier.

Il me fallait ressentir l'excitation de la chasse, l'euphorie de la victoire et le goût du sang.

J'étais Sigurd, fils de Sigmund.

Sigurd, fils de Sieglinde.

Descendant direct des Ases, les Dieux, ceux que l'on appelle aussi « les Immortels ».

Et à présent que je savais ce que je savais et ce à quoi j'étais destiné, je brûlais d'accomplir ma destinée.

* * * * *

Le sang n'avait plus le même goût, désormais.

Si son odeur attisait toujours autant la fureur qui couvait en moi, ses effluves ne faisaient plus naître la même euphorie dans ma poitrine.

Mon loup était mort.

Chasser ne serait plus jamais aussi grisant.

J'étais définitivement sorti de l'enfance.

J'essuyai d'un revers de la main le sang qui me maculait la bouche.

Le sang de l'élan que je venais d'abattre d'une flèche et dont je venais de dévorer le cœur. L'élan que je m'apprêtais à dépecer pour me parer de ses peaux ; une fois vêtu, peut-être pourrais-je prétendre enfin à un stade supérieur à celui d'animal.

Les paroles de l'étranger résonnaient encore douloureusement à mes oreilles - non, je n'étais pas un animal. Mais je l'avais été.

Je n'étais pas tout à fait un homme non plus. Et je n'étais pas un Ase... mais j'espérais pouvoir prétendre l'être un jour.

Peut-être. Après m'être acquitté de ma tâche.

Alors, la perte de mon enfance, le deuil de mon loup et la nostalgie de la chasse me paraîtraient insignifiants.

Ou du moins, dans ma grande naïveté, est-ce ce que je n'avais de cesse de me répéter.

Un voyage.

Une rupture.

C'était tout ce dont j'avais besoin.

Avant d'aller affronter Fafnir, j'aurais besoin de m'éprouver.

De me confronter.

De me redéfinir et de me retrouver.

Mîme n'avait bien évidemment pas compris.

Mîme ne comprend jamais rien ; il ressasse, il maudit, il crache, peste et se plaint jusqu'à ce que la colère ne s'empare de moi et ne transparaisse dans mon regard.

Mais qu'il l'accepte ou non, qu'il m'accorde sa bénédiction avinée ou pas, je n'en avais cure : comment pourrais-je seulement envisager d'aller occire le Dragon si je n'étais pas en mesure de me vaincre moi-même ? Mes pulsions et ma force, mon instinct, ma hargne, ma colère et mes ambitions ; il me fallait sublimer tout cela avant même d'envisager de passer à l'étape supérieure.

J'avais besoin de me dégourdir les jambes, de régaler mes yeux et de me remplir les poumons d'un air nouveau.

Un air qui ne suinterait pas de la présence de Mîme...

...et qui ne souffrirait pas de l'absence de l'odeur de mon loup.

Fafnir mourrait, certes.

Quand je l'aurai décidé.

Le combat aurait lieu, mais selon mes termes.

J'étais parti paré des peaux de ma dernière proie, emportant avec moi une lame forgée par Mîme lui-même. Pas Aldering ; nous n'avions pas eu de temps à consacrer à cette entreprise. Je prenais la chose très au sérieux. Aussi avais-je catégoriquement refusé de me pencher sur cette tâche alors que je me considérais à peine comme un adulte en devenir.

Je n'avais qu'une hâte : prendre la route.

Il ne faisait aucun doute dans mon esprit que j'aurais tout le temps de réclamer ce qui était mien par droit de naissance le moment venu.

Mîme s'était fermement opposé à l'idée que je prenne une lame stockée dans sa réserve, bien sûr. Alors je lui avais cassé le nez. Une seconde fois.

Il était désormais hors de question qu'une si petite chose prétende opposer sa volonté à la mienne ; à peine avait-il commencé à couiner que je l'avais gratifié d'un coup de poing.

La transgression à laquelle je me livrais était aussi douce que jouissive ; je ne me contentais pas de défier le Nain en imposant mon propre calendrier : j'imposais ma volonté aux Dieux eux-mêmes.

Avant d'aller affronter Fafnir, d'accomplir les exploits que mes Ancêtres attendaient de moi, je me proposais d'aller faire connaître au monde ma venue, d'étendre ma renommée et de construire ma propre légende.

Et il était hors de question, jamais, que je laisse quiconque déterminer le lieu où mes pas me porteraient.

Chapitre 2

C'était la première fois qu'un tel spectacle s'offrait à mes yeux.

Les narines qui frémissent et le cœur qui palpite frénétiquement, mes yeux qui s'écarquillent et les muscles de mon corps qui se tendent comme s'ils allaient rompre...

Les signes ne trompaient pas : l'instinct du chasseur s'éveillait en moi et me remuait les entrailles.

Quant à savoir pourquoi je ressentais tout cela tandis que j'épiais cette créature en train de prendre son bain dans le lac en contrebas...

Il y avait autre chose. Quelle était cette étrange sensation qui me nouait les tripes ?

J'étais bien loin de me sentir en danger, ou plutôt si, mais d'une manière que j'aurais été bien en peine d'expliquer : une chose était sûre, je ne craignais pas pour ma vie.

La créature me semblait bien trop chétive, ridiculement fragile. Et elle n'avait même pas encore conscience de ma présence.

L'émoi qui s'emparait de mon corps me bouleversait de manière incompréhensible, presque révoltante : je me sentais tellement faible, tout à coup – et pourtant, il me semblait que du feu coulait désormais dans mes veines.

Je m'accroupis soudainement, soucieux de demeurer invisible ; elle venait de pivoter pour me faire face. À cette distance, et abrité comme je l'étais derrière les rochers qui surplombaient le lac, il était tout de même peu probable que je sois découvert.

Ma respiration se fit un peu plus saccadée, haletante ; l'idée de toucher sa peau noire pour en éprouver la douceur commençait à m'obséder et il me fallut déployer une énergie incroyable pour ne pas céder à la tentation d'aller la rejoindre.

Mes mains tremblaient, ma bouche était sèche et ma langue pâteuse.

Je clignai des yeux à plusieurs reprises, lentement, en espérant recouvrer mes esprits et rassembler mes forces, mais il me sembla sombrer davantage encore dans la torpeur qui s'emparait inexorablement de moi.

Le galbe de sa poitrine généreuse était surprenant. Sa taille était fine et mettait les hanches en valeur. La silhouette était harmonieuse. Agréable à l'œil.

Une chevelure bouclée d'un roux carmin lui drapait le dos pour venir se nicher au creux de ses fesses. Quelle folie était-ce donc ?

J'étais incapable de détourner le regard de la créature - et je commençais sérieusement à me demander si je n'étais tout bonnement pas la proie d'un quelconque mauvais sort.

C'était cela ! La sorcellerie était à l'œuvre ! La fameuse magie noire des elfes dont Mîme m'avait tant parlé...

On m'avait jeté un sort qui sapait mes forces, absorbait ma volonté, drainait mon sang, durcissait ma verge...

Ce ne pouvait être que cela.

Les yeux en amande, les oreilles démesurées... et ce regard malveillant.

Dieux ! Ce regard malveillant et empreint de vice qui se posa tout soudain sur moi.

C'était une elfe.

Et pourtant je n'en avais cure. Je n'avais plus qu'une envie, désormais : poser mes mains sur elle, la toucher, me saisir de son corps et le palper, m'en emparer et le posséder.

Mû par le désir, j'abandonnai toute prudence et me relevai d'un bond ; la créature en contrebas n'esquissa pas le moindre geste, ne trahit pas la moindre surprise lorsqu'elle posa les yeux sur moi et un sourire mauvais se dessina à la commissure de ses lèvres.

De toute évidence, elle savait depuis le début que j'étais là. Et elle semblait parfaitement au fait de l'effet qu'elle faisait naître en moi.

Je me sentis terriblement insulté - et encore plus désireux de la posséder. Une furieuse envie de la soumettre s'empara de moi.

Poussant un cri guerrier, je me ruai vers elle.

Tout droit dans son piège.

Le premier guerrier était embusqué derrière les fourrés, sur ma gauche ; j'esquivai de justesse le coup de poignard qui visait ma tête et lui flanquai un coup d'épaule dans le ventre tandis qu'il me chargeait. J'étais bien plus lourd que lui : l'impact le souleva de terre mais je le rattrapai au vol.

Il était hors de question que je laisse ma proie s'échapper ; ces misérables et pathétiques créatures avaient cru pouvoir s'en prendre à moi, et je comptais bien leur faire payer leur effronterie.

Il était temps pour moi de goûter un sang nouveau.

J'attrapai ma victime par l'épaule et lui enfonçai mon poing, de toutes mes forces, dans les abdominaux. La chair céda sous le choc, un flot de sang jaillit de la plaie et je sentis avec délectation les entrailles de l'elfe se déverser lentement hors de sa blessure, dégoulinant sur mon bras, que j'enfonçais toujours plus profondément dans son corps.

Les traits déformés par l'horreur, la créature hoquetait de manière pathétique.

Tellement pathétique. Tellement faible...

Puis elle perdit connaissance et s'effondra sur moi. Je fis calmement un pas de côté, laissant glisser le cadavre au sol ; dans mon poing serré, je tenais toujours une pleine poignée des tripes de ma victime.

J'avisai le groupe qui me fixait avec une terreur indicible dans les yeux, un peu plus loin. Un masque d'angoisse plaqué sur leur visage, aucun ne semblait capable de bouger ; je leur lançai les tripes de leur compagnon, qui tombèrent en une pluie sanguinolente sur leurs belles chevelures rousses. Ils n'avaient plus si belle allure, ces elfes, en dépit de leurs magnifiques atours de fourrure et de peau. Ils n'avaient plus l'air si vaillant, horrifiés qu'ils étaient d'être ainsi souillés du sang de l'un des leurs.

Je léchai ma main encore poisseuse et c'est suçotant mon index, pensif et surpris par la texture du sang des elfes, que je me portai à leur rencontre d'un pas nonchalant.

C'est la femelle que j'observais quelques instants plus tôt qui brisa le silence la première : elle hurla, poussant un son strident qui me vrilla les oreilles.

Les elfes tournèrent les talons et disparurent dans la forêt.

J'avais eu mon content de sang pour aujourd'hui. Ils avaient fui - et je n'avais même pas eu à dégainer mon épée. La voix chevrotante, ils iraient conter alentours la légende naissante de Sigurd, fils de Sigmund et de Sieglinde, je n'en doutais pas une seule seconde.

Et s'il devait s'avérer qu'ils étaient incapables de mettre un nom sur mon visage, les autres habitants de Svartalfheim auraient tôt fait de le leur rappeler.

Je n'avais pas mon pareil sur ces terres pour déchiqueter la chair à mains nues.

Mon euphorie retomba, laissant place à une inquiétude inconfortable ; la femelle maudite avait disparu, mais ma respiration était toujours aussi pénible, mes muscles toujours aussi tendus, et le sang me battait aux tempes.

Et cette... sensation étrange, que je ressentais dans mon bas-ventre ? C'était nouveau.

Je me sentais étrangement investi d'une énergie nouvelle, tout en ne sachant pas quoi en faire.

Le sort qu'elle m'avait jeté perdurait malgré son absence !

Comment le conjurer ?

Tandis qu'un début de panique menaçait de s'emparer de moi, les mots de Mîme me revinrent en mémoire ; combien de fois ne m'avait-il pas traité de « foutu primate » ?

Et menacé de me castrer...

Cette tension qui saturait mes sens, cette fièvre dangereuse qui s'était emparée de moi - quelle était donc cette nouvelle forme de désir ?

Mîme m'avait instruit, mais rien n'aurait pu me préparer à ce genre de pulsion.

Je secouai la tête violemment et plongeai sans plus de cérémonie dans l'eau glacée du lac en contrebas.

Enfin !...

Enfin, le froid terrible daigna apaiser ma verge jusqu'alors en érection.

Je pouvais sentir mon cœur ralentir, mon sang refluer.

C'est la tête froide que je pus reprendre la route - la tête froide et les idées claires.

J'étais un homme, à présent.

Cette pensée m'amusa un moment, et je ne pus m'empêcher de me demander ce que Mîme aurait dit ou pensé de ma mésaventure - mais la réponse à cette question était évidente.

Il m'aurait craché son mépris au visage, peut-être même m'aurait-il invectivé, eût-il bu suffisamment.

Jamais je n'avais été livré à moi-même jusqu'à présent - et la sensation de n'appartenir à rien ni personne était grisante.

Je n'avais pas d'autres obligations que celles que je m'imposais, pas d'autres objectifs que ceux que je me fixais.

Pour quelqu'un comme moi qui avais grandi dans une chaumière aux confins du monde, loin de tout, la « civilisation » avait quelque chose d'aussi exotique que dérangeant.

Partout où je passais, les villages, les hameaux, on ne parlait que de commerce, d'esclaves, de champs et du temps qu'il faisait.

Les Neuf Mondes n'étaient qu'un mythe pour la plupart des paysans que j'avais rencontrés - une superstition de plus pour ces humains à peine plus éclairés que des bêtes de somme.

Aussi avais-je pris bien soin d'éviter les lieux où les humains se rassemblaient. Leur ignorance crasse m'insupportait, tout autant que leur manque d'hygiène ou leur curiosité déplacée.

En fait, j'avais pris l'habitude d'esquiver tout contact avec d'autres personnes à moins d'y être forcé.

Autant dire que c'était avec peu d'entrain que j'avisai la caravane des « marchands de liberté », comme ils s'appelaient eux-mêmes, qui se découpait au loin. Elle était sur ma route, et j'étais peu disposé à dévier de ma trajectoire. Il était inévitable qu'elle croise mon chemin.

Des cages et des cages remplies d'humains parqués comme du bétail, traités comme des bêtes, obéissant comme des animaux domestiques, tirées par des chevaux et encadrées par des hommes en armes.

Je plissai les yeux pour m'efforcer de distinguer la personne qui était à la tête de cette grotesque procession ; ouvrant la marche, une litière convoyait quelque gros cul malpoli, arrogant et décadent, engoncé dans ses convictions malsaines, enseveli dans l'opulence et le stupre habituels. Tout cela, et bien plus encore, pouvait se lire sur l'expression de suffisance satisfaite plaquée sur son visage bouffi.

Oui, j'avais déjà eu le déplaisir de croiser la route de ces sales engeances - les esclaves dociles au comportement servile ne valaient pas mieux que leurs maîtres qui se donnaient des airs raffinés.

J'avais marqué un temps d'arrêt, réfléchissant aux possibilités qui s'ouvraient devant n'importe quel quidam dont la route s'apprêtait à croiser celle d'esclavagistes.

Il était toujours possible de couper à travers la forêt et gravir la colline pour se soustraire à une interaction déplaisante - rallongeant ainsi le voyage de plusieurs jours - ou rebrousser chemin pour éviter de finir dans une cage.

Mais je n'étais pas n'importe quel quidam.

Et l'idée même que l'on puisse s'imaginer pouvoir me jeter dans une de ces cages crasseuses livrées aux cahots de la route, dans l'espoir de me vendre sur un quelconque marché aux esclaves, aux côtés de miséreux trop faibles et trop lâches pour combattre et mourir plutôt que d'être pris et asservis...

Cette image abreuvait ma colère, aiguillonnait ma haine, tisonnait ma fierté.

J'étais Sigurd.

Et jamais il ne serait dit que j'eusse cédé un pouce de terrain à la lie de l'humanité... aussi décidai-je de continuer mon chemin.

Tandis que le nuage de poussière soulevé par leur convoi grossissait, mon irritation allait croissant à l'idée de bientôt croiser des êtres dont je ne pouvais souffrir jusqu'à l'existence.

De tout mon être, de toute mon âme, je les exécrais : eux, leurs esclaves, et tout ce qu'ils représentaient.

Lorsqu'ils s'approchèrent suffisamment, je constatai qu'ils n'étaient pas si nombreux, finalement. Une douzaine, tout au plus.

Sans compter les esclaves, évidemment, ni le gros cul vautré dans sa litière - lequel s'avérait être, contre toute attente, une femme - du moins à l'origine, avant que la civilisation ne la corrompe et ne la transforme en un amas d'immondices tout en plis, replis, vilaines chairs et bourrelets replets lui conférant un faux air de gros bébé obscène. Lorsque ses petits yeux trop maquillés se posèrent sur moi, c'est d'une voix ronronnant d'un plaisir à peine dissimulé qu'elle m'adressa la parole :

– *En voilà un bien beau ! Qui es-tu, d'où viens-tu, mon mignon ?*

– *En voilà une bien vilaine,* répliquai-je sèchement. *Quelle est donc cette sinistre procession, une caravane de marchands ?*

– *Presque.* Elle s'était raidie sous l'insulte. *Une caravane de marchands de liberté.*

– *De liberté, hein ? J'ai déjà entendu parler de vous. Vous capturez des vagabonds dans les campagnes reculées, et vous les vendez. Souvent dans les grandes villes, parfois dans des royaumes plus éloignés.*

– *Nous leur apportons la liberté : ce sont pour la plupart des êtres qui ont oublié leur humanité. Des réprouvés, des vagabonds. Des mendiants. Sans famille, sans village, parfois sans patrie. Ils vivent comme des animaux, dans la misère. Nous leur apportons une solution, nous leur apportons la salvation.*

– Je ne doute pas qu'ils soient sans village après le passage des vôtres ; plus une maison ne doit tenir debout après l'un de vos raids.

– Ils sont inutiles à la société, reprit-elle en feignant d'ignorer ma remarque, *incapables de prendre soin d'eux-mêmes et donc à la merci de la nature : nous autres, marchands de liberté, leur rendons leur dignité en leur redonnant une place de choix au sein de la civilisation. Nous leur rendons leur utilité, et, par là-même, une raison de vivre. Nous les émancipons de leur bestialité, de leur bêtise animale.*

– Combien de rois et de princes n'ai-je pas entendu se vanter d'apporter la paix dans les royaumes voisins, en y semant la mort ? marmonnai-je pour moi-même, déjà las de la vanité cet échange.

– Pacifier par les armes est une façon comme une autre d'imposer la paix, répliqua-t-elle. *Mais quelle est cette arme que je vois, qui bat ton flanc ? Tu ne tues donc jamais, mon mignon ?*

Les gardes s'esclaffèrent et tirèrent leurs épées avant de m'encercler.

En mon for intérieur, le combat faisait rage : l'euphorie le disputant à la fureur, je me décidai à accorder au gros tas mon sourire le plus sincère.

Elle avait fait son choix, j'avais fait le mien.

– Bien sûr que si, mais quand je le fais, je ne prétends pas le faire pour le bien de ma proie. C'est comme si j'en venais à violer une femme en prétendant chercher à lui faire connaître l'amour : c'est absurde.

– Alors, tu es vertueux ! Admirez, admirez donc notre parangon de vertu ! clama-t-elle, provoquant les rires parmi ses hommes.

– Je n'ai pas parlé de vertu, mais de liberté : quand je tue, je ne me cherche pas d'excuses, parce que je n'en ai pas besoin. Je ne rends de comptes à personne. Ni aux hommes, ni aux Dieux, ni aux bêtes.

Je fais ce que j'ai à faire, sans hésiter, parce que je le peux, sans me cacher derrière cette vilaine hypocrisie qui régit votre pitoyable existence : c'est cela, la véritable liberté.

– *Mais quel charmant spécimen !* s'exclama-t-elle après quelques secondes d'hésitation. *Et qui n'a pas le sens du danger... Peut-être ne sait-il pas compt...*

– *Silence,* coupai-je.

– *Oh !*

– *Vous allez abandonner votre cargaison, faire demi-tour et fuir. Tant que vous le pouvez.*

Les gardes ricanèrent de nouveau - quoique plus nerveusement ce coup-ci, et avec moins de conviction.

La truie, quant à elle, semblait désormais piquée au vif ; elle se redressa légèrement sur ses coudes pour me regarder de haut et claironna d'une voix perçante :

– Je suis tout aussi libre que vous d'arpenter cette route. Ce n'est pas un vagabond pouilleux qui va...

– Libre ?...

Vous ne m'avez donc pas écouté ? Vous êtes des esclaves, tout autant que les crétins que vous trimballez dans vos cages.

Je pointai un doigt moqueur vers la femme dont le visage virait peu à peu au cramoisi :

– *Qu'est-ce qui m'empêche, par exemple, de t'ouvrir en deux comme un lapin et de t'étrangler avec tes propres viscères ? Je suis parfaitement libre de le faire : ça ne me poserait aucun problème.*

Du coin de l'œil, je notai le tressaillement de la bouche, la commissure des lèvres qui se soulève, le mouvement esquissé de l'épaule et du bras qui s'apprête à porter un coup fatal ; l'un des gardes sur ma droite - le plus jeune, certainement le moins expérimenté - avait décidé de passer à l'acte en un élan de zèle peu judicieux.

Je pivotai sur moi-même en lui collant une claque magistrale dans l'oreille pour le déstabiliser. Puis, attrapant son arme, je profitai de son élan pour en planter la pointe de la lame dans le cou de l'un de ses compagnons sur ma gauche.

Je plongeai mon regard dans celui, paniqué, de mon assaillant. Il ne devait pas avoir plus d'une vingtaine d'années.

Je lui brisai la nuque et le repoussai sans ménagement devant moi, dans les bras de l'un de ses frères d'armes.

Tout ceci n'avait pas duré plus d'une seconde - et personne d'autre n'avait eu le temps de réagir.

Désormais, ils n'en auraient pas non plus l'envie.

– *Je suis... Nous sommes sur les terres du Roi Aldrian,* répéta-t-elle en blêmissant légèrement. *J'ai le droit, je...* récitait-elle mécaniquement, *je suis libre de...*

– *Vous ne m'avez pas écouté... Alors je repose la question,* repris-je calmement. *Qu'est-ce que la liberté ?*

Je m'amusais follement.

Je pense qu'elle le sentait, et que c'est précisément pour cela qu'elle ne répondit pas à ma question - ça, et la peur.

– *Croyez-vous vraiment que les lois de ce pays vous protègent ? Que parce qu'on vous accorde un sauf-conduit, tout ce qu'il y a de plus légal, cela vous met à l'abri ? Laissez-moi vous enseigner ceci : il est moins question de liberté que de pouvoir. Où est donc ce roi Aldrian ? Peut-il venir sauver vos misérables vies ?*

– *Faites un passage au gueux, et qu'il s'en aille, nous avons assez perdu de temps comme cela !* piailla soudain la femme gesticulant dans sa litière ; la panique avait donc fini par s'emparer d'elle.

Après un court instant d'hésitation, ses gardes s'écartèrent de moi pour me libérer un espace suffisant pour que je m'en aille à travers le convoi.

Mais je ne bougeai pas d'un cheveu, me contentant de planter mon regard dans celui, désormais dilaté et fiévreux, de la grosse truie décadente qui prétendait donner les ordres ici.

La peur faisait trembloter ses chairs, la nervosité constellait ses joues d'une humeur pourpre - et de petites gouttes de sueur firent bientôt leur apparition sur son front.

Quant à moi, j'approchais de l'état de plénitude et de jouissance auquel j'aspirais depuis le début de cette rencontre.

Mais je n'en avais pas encore terminé avec eux.

Pas tout à fait.

– *Je vous ai fait...* Elle haletait à présent. *Un passage... Je vous libère de ma présence, je vous somme de me libérer de la vôtre* ! m'implora-t-elle une dernière fois.

– À présent que vous avez saisi l'ampleur du danger qui se dressait devant vous, que la peur vous colle les narines, que la trouille vous fait sentir la pisse, vous cherchez le compromis.

Vous n'êtes libre de rien. Vous n'êtes que des victimes. De petites créatures pathétiques et gesticulantes se prenant pour de grands prédateurs.

Et comble de l'ironie, vous avez croisé ma route.

– *Qui êtes-vous ?* Demanda-t-elle pour la seconde fois, d'une voix implorante.

– Je suis Sigurd. Celui qui n'a pas besoin d'être libre parce qu'il peut tout. Celui qui accomplit car il ne craint rien - ni les dieux, ni les bêtes... et certainement pas les hommes.

– *Attaquez-le !* hurla-t-elle enfin d'une voix stridente, le regard fou.

Enfin, la libération.

Enfin, l'exultation.

Mais ma joie fut de courte durée ; mes adversaires n'étaient clairement pas de taille. En quelques moulinets, le combat fut terminé. Le temps de détacher la tête du soldat le plus proche de ses épaules d'un revers de ma lame, les autres gardes avaient fui sans demander leur reste - tous, sauf un : leur chef.

Son épée brandie devant lui, il s'efforçait de me tenir en respect du bout de sa lame.

J'étais déçu.

Contrarié par leur manque de combativité.

L'affrontement ne dura que quelques secondes : malgré ses piètres tentatives, il s'avéra incapable de me toucher : ses mouvements étaient trop amples, sa posture trop ouverte, ses attaques trop prévisibles.

Il faisait preuve de bonne volonté, cela dit, et s'efforça de me divertir une poignée de secondes... jusqu'à ce que ma lame ne vienne se ficher dans son ventre.

Alors, il fit quelque chose de stupide : il lâcha son arme pour se saisir de mes épaules, le regard empreint d'une supplique muette.

Je lui enserrai la gorge de mes doigts pour l'étouffer et ainsi mettre fin à son tourment.

– *Je... Le Roi Aldrian...*

– *Tu es encore là ?* sursautai-je en avisant la grosse femme paniquée, figée dans sa litière, ses yeux fous de terreur roulant dans leurs orbites. *Laisse-moi deviner : tu ne sais plus marcher ? Tes pieds ne te portent plus ?*

– *J'ai... le droit. Votre liberté...*

– *Oui, oui. Je me souviens. Le droit, la liberté...*

Tu te répètes.

Je me souvenais des leçons de Mîme sur Midgard, le royaume des Hommes. De son mépris lorsqu'il m'évoquait la propension de mes congénères à justifier leurs actions abjectes derrière un appareil judiciaire présenté comme « légitime » et, de fait, incontestable.

– *Ces mots, je les ai entendus maintes et maintes fois...*

L'Histoire est pleine d'êtres, qui, comme toi, usaient de la force pour faire plier leurs semblables - jusqu'à venir, un beau jour, se heurter à un monstre tel que moi. À ce moment-là... elles se revendiquaient de leur bon droit.

– *Qui es-tu ?* souffla-t-elle une dernière fois. *Tu n'es pas d'ici...*

– *Oh, non. Je ne suis pas d'ici...*

Je suis un monstre. Un monstre philosophe, m'amusai-je.

Je la fixai un instant, goguenard, avant de reprendre plus sérieusement :

– *Tout ça, c'est du vent. Des foutaises. Votre bel ordre censé faire rempart au chaos de la nature, vos lois ridicules et vos petits privilèges... Tout cela sera balayé tôt ou tard : le dernier Hiver est presque sur nous. Ta petite civilisation n'y survivra jamais... Regarde ce que j'ai déjà fait, seul, à ta petite compagnie.*

Alors, es-tu prête à entendre ma vérité ?

– *Qu-quelle vérité ?* bégaya-t-elle.

– *Sur la liberté. Il n'est pas d'autre liberté que le pouvoir lui-même. Et mon pouvoir commence là où le vôtre s'étiole.*

Lorsque vous faiblissez, lorsque vous flanchez, lorsque vous pliez... je m'épanouis.

Je suis Sigurd et je vous survivrai.

Ce monde est ma terre, cette terre est mon monde.

Les créatures qui le peuplent sont mes jouets.

– *Tu n'es pas un Dieu !* cracha-t-elle, les traits déformés par l'horreur que lui inspirait mon blasphème.

– *Erreur, créature impie. Je suis mon propre Dieu.*

D'un coup de pied rageur, je renversai sa litière de côté et elle roula à terre.

Tandis qu'elle rampait péniblement, je me portai vers elle tranquillement, sans me presser, savourant chacun de ses sanglots. Me délectant de chacun de ses hoquets désordonnés.

– *Je suis las de deviser avec toi.*

Il est temps de mourir, à présent, annonçai-je.

Puis, je levai mon épée pour l'abattre violemment sur son crâne, indifférent à ses supplications pathétiques.

Sans un dernier regard pour la fresque sanguinolente et ignorant les suppliques des captifs que je laissais derrière moi, je me remis en route ; je n'avais perdu que trop de temps.

Chapitre 3

Je m'étais simplement arrêté pour apaiser ma soif.

Alors, avisant le ruisseau qui courait à mon flanc, je m'étais agenouillé à son bord et m'étais penché au-dessus de l'eau.

C'est là, que j'avais vu mon reflet.

Ce n'était bien évidemment pas la première fois que je croisais mon propre regard.

Cela faisait simplement longtemps.

Une éternité, même...

Le regard noisette était toujours aussi coléreux et brillant que dans mon souvenir.

En revanche, les pommettes, hautes, étaient désormais marquées - ce visage avait pris bien des coups depuis la dernière fois que je l'avais contemplé.

Le sourcil furieux et le front plissé d'inquiétude, la ride du lion trahissant une tendance certaine à l'humeur maussade.

Et cette foutue crinière châtain clair, toujours aussi ébouriffée. Le cheveu avait poussé et tombait désormais sur les épaules, encadrant le cou massif d'un jeune homme à la silhouette imposante ; j'avais grandi, j'avais forci, j'étais un homme, à présent.

Je laissai éclater le rire soudain qui montait dans ma gorge et flanquai un coup dans l'eau, disloquant temporairement cette pâle imitation de moi-même.

Puis je me passai la main mouillée dans la crinière, cherchant vainement à la lisser.

Enfin, je me rappelai ma soif et plongeai la tête toute entière dans l'eau glacée, savourant chacune des secondes durant lesquelles le feu qui parcourait mes veines était comme aspiré.

Je ressortis la tête hors du ruisseau et, les yeux toujours clos, focalisai mon attention sur la délicieuse sensation provoquée par l'eau qui gouttait le long de mes cheveux, sur ma nuque et dans mon dos ; ce n'était qu'une question de secondes avant que mon sang ne se remette à me consumer les chairs, à me vriller les nerfs.

Alors, j'éprouverais à nouveau le besoin de courir, de chasser, et de tuer.

Les poils de ma nuque se hérissèrent.

Je sentais le poids d'un regard malveillant peser sur mon ombre.

Je secouai la tête pour m'ébrouer et, empreint d'une joie mauvaise, entrepris de chercher des yeux la créature qui avait éveillé mes sens.

Je ne mis pas longtemps à débusquer ma proie. À dire vrai, il faut lui reconnaître qu'elle n'avait pas déployé le moindre effort pour se dissimuler. Accroupi au milieu des arbres à quelques centaines de mètres de moi, le Géant m'observait.

Alors, le bossu avait dit vrai.

J'avais rencontré le dégénéré sur la route le mois précédent.

J'étais de fort mauvaise humeur ce jour-là. Mes réserves s'amenuisaient dangereusement et j'étais aux trousses d'un cerf qui m'avait fait courir durant des jours, en vain. Ma traque infructueuse avait alors fait naître une violente frustration en mon cœur...

Le bossu m'avait demandé l'aumône.

S'était montré trop insistant.

Avait refusé de céder et de fuir face à un pouvoir qui le dépassait.

Je l'avais battu comme plâtre, tapé sur sa bosse, dépouillé de ses biens.

Puis, je lui avais fait cracher tout, absolument tout ce qu'il savait.

Et j'avais ri de ce spectacle affligeant, me régalant de ces histoires improbables que la créature difforme s'échinait à inventer pour échapper à ses tourments.

Ou du moins, était-ce ce que je m'étais figuré.

Alors, comme je n'avais rien de mieux à faire et que son histoire m'avait plu, je l'avais nourri avant de le congédier... puis je m'étais mis en quête du Géant, sans y croire.

Kuperan, le Géant, se redressa lentement ; sa tête tutoyait la cime des arbres, ses jambes et ses bras étaient épais comme des troncs.

Son ventre aurait pu en loger quatre comme moi, ni mâchés, ni digérés.

Sans un mot, nous échangeâmes un long regard sinistre, et il sut.

...ses pupilles s'étrécirent en un unique avertissement silencieux, puis il me tourna le dos pour s'éloigner d'un pas pesant vers le cœur de la forêt, faisant trembler le sol sous ses pas.

Ainsi, Kuperan existait.

Alors, Kuperan devait mourir.

Je continuai à progresser une journée entière, ainsi que la nuit qui lui succéda, m'accordant tout juste assez de repos pour ne pas puiser dans mes forces de manière inconsidérée à la veille de la bataille terrible qui s'annonçait.

La végétation changeait peu à peu, à mesure que je m'enfonçais dans la Forêt Noire.

Le soleil était désormais à son zénith, mais aucun de ses rayons ne s'avérait capable de percer le feuillage des arbres massifs qui poussaient dans ces bois.

Les branches craquaient par intermittence... mais un calme étrange régnait sur ces lieux. Même les oiseaux avaient cessé de chanter.

Et pourtant, je savais que je n'étais pas seul sur ces terres.

Je pouvais sentir sa présence. Je pouvais sentir sa puissance.

Son ombre, immense et terrible, s'étendait sur moi - pour autant, je n'avais pas peur, ça, non.

Je brûlais d'en découdre.

Le feu coulait dans mes veines.

Le sol vibrait, les arbres tremblaient.

Les petits animaux fuyaient, sentant le vent charrier l'odeur du danger.

Le Géant était mécontent : il savait que j'étais sur ses traces.

L'air irradiait de colère.

À sa fureur se heurtait ma rage.

Sans le voir et sans même l'avoir jamais rencontré, je lui opposais tout ce que j'avais ; mon Hugr resplendissait d'énergie et jusque-là, je n'avais pas eu à rougir de ce que j'étais ni de ce que j'avais eu à offrir : le Géant n'avait plus une fois montré le bout de son nez.

Je savais qu'il m'observait toujours, depuis son antre, inquiet, contrarié, incertain de la façon dont il allait aborder ce nouvel étranger.

Les récits me précédaient, la légende prenait forme, ma réalité s'imposait.

Et je savais que les animaux de cette foutue forêt lui faisaient leur rapport régulier.

Kuperan savait que je venais le chercher.

Las, Kuperan ne savait pas pourquoi je me présentais sur son territoire.

Je n'en étais pas sûr moi-même.

Peut-être était-ce pour la gloire, peut-être était-ce de la curiosité... peut-être, tout simplement, étais-je désireux de m'éprouver avant d'aller défier le dragon et accomplir ma destinée.

Jusqu'au matin même, j'avais été persuadé qu'il n'était qu'un mythe, qu'une histoire que les vieillards et les souffreteux radotaient pour se rendre intéressants.

Je me savais fort, je me savais grand, je me savais vaillant.

Je ne saurais dire avec certitude ce qu'évoquait comme sentiment en moi l'idée d'aller me confronter à un monstre dont la taille excédait la mienne par huit fois - et dont le poids faisait dix fois le mien.

Mais ce projet me plaisait - et la pensée même qu'une créature plus effrayante et plus redoutable que moi puisse arpenter ces terres m'était insupportable.

Kuperan savait que je venais le chercher.

Et de fait, il avait raison : je m'étais promis de le jeter bas, de le piétiner, de le tabasser, de le réduire à néant.

Il était une créature contre-nature.

Pour cela, il devait mourir : j'avais décidé voilà longtemps que ce titre me revenait - à moi, et à moi seul.

Pour cela, et pour bien d'autres motifs : Sigurd, fils de Sigmund, fils de Sieglinde, ne souffre aucun rival.

La grotte où se terrait Kuperan se trouvait à présent devant moi.

Il avait certainement escompté que le poids de son regard pèserait suffisamment sur moi pour que je tourne les talons.

C'était mal me connaître : si mes bottes peinaient à remplir l'empreinte de ses traces de pas, ma lame n'aurait aucune difficulté à trouver son cœur.

Tout Géant qu'il était, Kuperan était mortel et en ce sens, saignerait tout pareil que moi.

Les limites se trouvent là où on les pose, et j'avais décidé voilà longtemps déjà que les miennes n'existaient pas. Ou plutôt, qu'il n'en existait aucune que je ne sois en mesure de transgresser.

Kuperan allait mourir et je danserais sur son cadavre, dédiant mon ballet au Dieu des Transgressions. Et s'il n'en existait pas de tel, pourquoi ne pas le devenir moi-même ?

Transgresser, n'était-ce pas vivre ?

Transgresser la volonté des Dieux, transgresser le devoir, les serments et l'héritage...

Comment vivre, au juste, en restant engoncé dans de tels carcans?

Un corbeau me tira de ma rêverie en voletant au-dessus de ma tête, coassant désagréablement ; bien sûr, nulle transgression ne restait jamais impunie. Il y avait forcément un prix.

Alors je devais vivre, et faire en sorte que ma légende perdure. À travers mes faits d'armes et mes exploits, mon nom pouvait traverser les âges.

Alors, je toucherais l'éternité.

Alors, j'accéderais à l'immortalité.

Au diable les suiveurs ! Ceux qui respectent les règles de peur de toucher la vie du doigt et de découvrir ce qu'elle a à offrir – ou à prendre – sont les grands oubliés de l'Histoire : des pleutres, des faibles, qui masquent leur décadence sous les oripeaux de la vertu.

Quant à moi...

J'étais.

J'existais.

Et de fait, je m'emparais de ce qui me revenait de droit.

Aujourd'hui, la vie de Kuperan attendait docilement que je la cueille... frémissante sous le vent de ma fureur de vivre.

Moi, Sigurd, fils de Sigmund, fils de Sieglinde, qui dansais au-devant du danger, pourvoyeur de mort et amant de la vie que je désirais mener.

Le fracas terrible d'un arbre violemment déraciné me sortit de ma rêverie.

Le Géant daignait enfin faire son apparition.

Tout autant que les arbres qui ployaient comme des brins d'herbe que l'on piétine sur son passage, c'est son ombre massive qui l'annonça.

Elle se déploya lentement au-dessus, au-dessous de moi, jusqu'à m'absorber, m'envelopper totalement, jusqu'à éclipser le peu de lumière qui filtrait encore au travers de l'épais feuillage de la forêt - même après les éclaircies nées de son arrivée fracassante.

Je restai ainsi quelques instants, à contempler cette forme fantastique au sol, puis levai les yeux vers la formidable créature à qui elle appartenait.

Kuperan était gigantesque.

Son crâne était dégarni, sa mâchoire proéminente - ses yeux globuleux, trop rapprochés, lui donnaient un air idiot que démentait l'éclair vicieux et sournois qui luisait dans son regard.

L'ensemble de son corps, dénudé à l'exception d'un pagne en peaux de bêtes judicieusement noué autour de sa taille, était recouvert d'escarres et autres plaies purulentes.

Lorsque, incapable de réprimer mon dégoût, je m'autorisai une grimace écœurée, il m'adressa un vilain sourire dévoilant des dents pourries et cassées pour la plupart.

— *Tu parles d'une gloire*, maugréai-je à voix haute pour moi-même. *Il est déjà à moitié crevé... C'était bien la peine que je me déplace : il aurait succombé tout seul à la prochaine pluie.*

— *Oh, ne vous inquiétez pas pour moi, mon bon Sire...* éructa le Géant d'une voix moqueuse. *Je survivrai encore à bien des hivers.*

— *Dieux, ça parle ?*

Je le considérai d'un œil nouveau, le parcourant une fois de plus des pieds à la tête. La bête était donc véritablement intelligente.

— *Soit je parle, soit vous entendez des voix, mon bon Sire,* ironisa Kuperan d'une voix forte*. Est-ce à dire que vous avez perdu l'esprit ? Pour vous aventurer seul en ces lieux et vous présenter à moi sans un bon millier d'hommes pour vous escorter, certainement.*

Cette fois, le Géant ricanait franchement. Il pensait ne faire qu'une bouchée de moi.

Alors je ris de bon cœur avec lui, trouvant moi aussi cette idée absolument cocasse.

— *Qu'est-ce qui te fait rire comme ça, gringalet ?* tonna enfin Kuperan, à l'évidence vexé par mon attitude désinvolte.

– *Tes dents. Ta tête. Ton regard ahuri. Ton corps de dégénéré...*

La fin que je te réserve.

Le Géant me chargea dans un hurlement de rage ; j'avais réussi à lui faire perdre patience.

Il m'asséna un coup de pied que j'esquivai sans peine d'un pas de côté. Puis je lui enfonçai profondément la pointe de ma lame dans le mollet, sectionnant le muscle de la jambe sur laquelle il prenait appui. Il beugla de plus belle - de douleur, cette fois - en retombant sur son séant.

Fléchissant les genoux, j'évitai le revers de sa main gauche avec laquelle il cherchait à me flanquer une formidable claque, pour enfin bondir sur sa cuisse avant qu'il n'ait le temps de se relever.

Alors, je lui plongeai la lame de mon épée dans le ventre jusqu'à la garde.

Pesant de tout mon poids sur la garde de mon arme, je vrillai la lame dans la plaie, fouaillant ses chairs, faisant jaillir ses tripes.

Puis, plantant intensément mon regard dans le sien, je lui demandai froidement :

– *Tu ne ris plus ?*

Alors, Kuperan éclata en sanglots.

– *Attends ! Attends ! Ne me tue pas,* suppliait le monstre d'une voix chevrotante, des larmes grosses comme ma tête s'écoulant à grands flots de ses yeux.

Étonnamment, je trouvai le spectacle affreusement pathétique - mais c'est le sentiment d'avoir vaincu la créature bien trop facilement à mon goût qui retint mon bras au moment fatidique.

Laissant mon épée là où elle était enfoncée, je reculai d'un pas ou deux, tout en prenant bien soin de rester debout sur sa cuisse, à portée de sa tête au cas où le monstre chercherait à me jouer un mauvais tour.

— *Au nom de quoi, exactement, devrais-je t'épargner ? Tu es immonde, abject, ta seule présence me révulse les sens. Ne vois-tu pas que tu es une insulte à la vie ?* le réprimandai-je. *Laisse-moi donc mettre un terme à ton supplice.*

Et sois reconnaissant ! Si ton existence absurde touche à sa fin, c'est grâce à Sigurd, fils de Sigmund, fils de Sieglinde. Souviens-toi de ce nom lorsque le passeur, avant de te mener aux Enfers pour y être l'esclave de Hel, te le demandera.

— *Sigurd ! Sigurd !* répétait sans cesse le Géant entre deux hoquets de panique. *Si j'avais su ! Si seulement j'avais su ! Jamais je ne t'aurais accueilli de la sorte ! Pardonne-moi, Sigurd, si je te connais de nom, ton visage m'était parfaitement étranger !*

— *Au nom de quoi, précisément, m'aurais-tu réservé meilleur accueil si tu avais su qui j'étais ?* m'enquis-je, plus circonspect que jamais.

— *Toi et moi...*

...Toi et moi sommes...

...les jouets des Dieux.

Les jouets des Dieux ?

Enfers ! Je n'étais le jouet de personne.

Il respirait de plus en plus péniblement et avait visiblement du mal à parler.

Il était peu probable que dans l'état où je l'avais mis, il cherche à s'en prendre à moi de nouveau. Et le bougre avait piqué ma curiosité. Aussi décidai-je de lui laisser un peu de répit.

J'arrachai ma lame à sa poitrine ; il poussa un hurlement qui fit trembler les arbres alentours.

Puis je sautai à terre et, prenant confortablement appui sur mon épée que je fichai dans le sol, je le prévins :

– *Tu as gagné un sursis. Parle, maintenant.*

– *Merci, mon bon Sigurd, merci...*

De son avant-bras, Kuperan essuya distraitement un filet de morve qui lui obstruait le nez, avant de renifler bruyamment.

– *Toi et moi,* reprit-il enfin*, sommes les jouets des Dieux.*

– *Que veux-tu dire par là ?* ricanai-je.

– *Tu ris ! Tu ris...*

Et pourtant ! Considère ceci : nous sommes tous deux mortels et pourtant dotés d'une force et d'un pouvoir hors du commun. Pour cela, nous sommes honnis à la fois par les Dieux, qui se jouent de nous et se plaisent à nous considérer comme des pions sur leur grand échiquier, et par les humains, qui voient en nous des créatures dangereuses, contre-nature.

– *Tu es effectivement une créature contre-nature. C'est quelque chose qui ne se discute pas. Quant à moi, je ne me soucie pas de ce que l'on dit de moi,* assénai-je en empoignant de nouveau la garde de mon épée. *Mais j'aime à croire que l'on chante mes louanges, sinon que l'on colporte ma légende. « Sigurd, pourfendeur du Géant! »*

– *Attends ! Attends !* beugla-t-il de plus belle, paniqué, de grosses larmes perlant de nouveau au coin de ses yeux. *Ne vois-tu pas que notre ère est terminée ? L'Hiver est sur nous. La prophétie est en marche ! Alors...*

...alors pourquoi nous battre entre nous ?

– *Notre ère ? La prophétie ? Tu cherches à gagner du temps, Géant, et je n'aime pas ça...*

Parle ! qu'entends-tu par-là ?

– *Allons, allons, connais-tu le secret de ton ascendance ?*

Je luttai férocement contre la bouffée de rage qui me monta à la gorge.

Je pris soin de reprendre mon souffle et de recouvrer mon calme ; la dernière fois que j'avais perdu mon sang-froid et que j'avais laissé sortir ma colère, mon interlocuteur n'en avait pas réchappé.

Kuperan dut se rendre compte de la fureur qui brûlait désormais dans mon regard, parce qu'il oublia un instant sa peur et sa douleur pour éclater d'un rire sonore :

– *Oui, on t'a parlé du sort funeste rencontré par tes parents ! Les Dieux t'ont menti !*

Et tu l'as toujours su, je le lis dans tes yeux. Tu t'apprêtes à accomplir leur volonté, à poursuivre leur œuvre, à étendre leur influence. Tu tues en leur nom !

...et pourtant tu brûles d'en découdre avec eux... de leur faire payer l'affront fait à ta Maison.

C'est eux l'ennemi ! Oublie-moi donc ! Laisse donc le vieux Kuperan moisir dans sa forêt : la prochaine pluie aura peut-être raison de lui...

– *Que sais-tu de la mort de mes parents ?* articulai-je péniblement - parler avec les mâchoires contractées avait toujours été un exercice délicat pour moi.

– *Haha !* tonna le Géant, une lueur malsaine dans le regard. *Ainsi tu ignores tout du secret qui pèse sur ta naissance !*

Ecoute bien : l'artefact que les Ases recherchent avec tant d'avidité, celui-là même que tu es destiné à reprendre des griffes de Fafnir… est celui qui précipitera la fin des Neuf Mondes.

Quant à tes parents…

Les révélations de Kuperan me laissaient sans voix. C'est sans doute pour cela que je ne vis pas le coup venir : son poing me frappa de plein fouet et me projeta à une dizaine de mètres sans même que je ne puisse mettre la main sur la garde de mon épée.

Un silence assourdissant s'ensuivit.

Ma vision était brouillée… et j'avais la sensation confuse que la terre se mouvait toute seule, que le ciel au-dessus de moi se fissurait, tournant sur lui-même et s'apprêtant à m'engouffrer.

Un liquide poisseux s'écoulait de mon oreille douloureuse.

Une odeur familière et persistante me confirma ce que mon esprit avait déjà compris : c'était du sang.

Mon sang.

Ma vue redevenait un peu plus nette à chaque seconde qui passait.

Les couleurs redevenaient progressivement plus cohérentes, moins baveuses, et j'étais presque capable désormais de distinguer les sons les uns des autres.

Le tronc d'arbre qui s'abattit sur moi semblait se mouvoir comme au ralenti et mon esprit embrumé mit un - trop - long moment à interpréter l'information.

Je roulai instinctivement de côté et échappai de justesse à la mort. À l'autre bout de l'arbre déraciné se tenait le Géant, un sourire goguenard flottant sur ses lèvres tuméfiées.

Je me relevai d'un bond et cherchai rapidement mon épée des yeux ; je n'eus que le temps de l'agripper avant que Kuperan ne se saisisse de son tronc d'arbre de nouveau.

Mes jambes me trahissaient, mon équilibre était précaire : la mobilité me faisait défaut, et le Géant le savait. Il m'asséna un second coup, que je ne fus pas en mesure d'esquiver complètement cette fois-ci.

Je brandis désespérément mon arme et bloquai tant bien que mal son attaque. La violence de l'impact me força à ployer le genou et il me sembla que mes épaules allaient se disloquer - mais contre toute attente, mon corps encaissa la secousse sans trop de dommages.

Las, la lame de mon épée était désormais profondément fichée dans le tronc d'arbre que Kuperan utilisait en guise d'arme.

Un regard me suffit pour réaliser qu'il en était conscient ; il tira d'un coup sec sur l'arbre pour le jeter au loin - emportant mon épée dans le même mouvement, et éclata d'un rire sonore :

— Le grand Sigurd est désarmé ! Le grand Sigurd va crever !

Je ne répondis pas.

L'heure n'était pas aux vaines paroles et il me fallait garder mes forces pour lui faire fermer sa grande gueule purulente.

Il se redressa de toute sa taille et bomba fièrement le torse ; que pouvait-il donc arriver à une si gigantesque créature désormais, alors que j'étais privé de mon arme et que son estomac pouvait bien en loger plusieurs comme moi ?

Kuperan ne semblait pas imaginer un seul instant un scénario qui puisse lui être défavorable ; quant à moi, mon imagination était débordante, et ma foi en mes capacités ne connaissait pas de limites.

J'étais Sigurd.

Tant qu'un souffle de vie m'animait - si faible soit-il - je pouvais.

J'étais Sigurd, et j'étais libre.

Mon regard croisa celui de Kuperan et la détermination qu'il y lut sembla le faire hésiter un court instant.

Quelques secondes, tout au plus... c'est le temps qu'il me fallut pour finalement instiller le doute dans son esprit et achever de recouvrer mes forces.

Il avait perdu la bataille de volonté depuis bien longtemps déjà.

Bien avant que notre lutte à mort ne commence, en vérité.

J'en avais assez.

Le tuer ne me suffisait plus. Je voulais lui faire payer sa trahison et son impudence : je courus à sa rencontre aussi vite que j'en fus capable. J'esquivai le revers de sa main tandis qu'il cherchait à me cueillir dans ma course. Puis, je lui assenai un coup de poing retentissant dans son genou valide. L'autre jambe, profondément entaillée quelques instants plus tôt, était incapable de supporter seule son poids... aussi bascula-t-il cul par-dessus tête en poussant un gémissement pathétique. Je bondis sur son torse, avant de défoncer son œil droit du talon de ma botte ; il hurla et tenta de m'attraper derechef.

Peine perdue, j'avais déjà sauté hors de portée. J'attrapai trois de ses doigts d'une prise assurée et lui cassai les phalanges en un mouvement rageur : ma fierté avait été mise à mal par son attaque traîtreuse, aussi étais-je déterminé à l'anéantir petits bouts par petits bouts.

J'étais Sigurd, et nul Géant n'était assez grand pour me faire de l'ombre.

Il poussa un nouveau hurlement - empreint de terreur, celui-ci.

Une intense satisfaction s'empara de moi, c'est de l'euphorie à l'état liquide qui coulait désormais dans mes veines : Kuperan se sentait vulnérable en plein combat au corps à corps.

Il chercha à se redresser mais je le rejetai violemment au sol d'un crochet à la mâchoire ; son œil droit saignait et sa paupière était gonflée. Il chercha à m'attraper de son autre main mais, désormais incapable d'estimer les distances, me manqua pitoyablement.

Je lui saisis le poignet et tournai d'un coup sec ; l'os craqua, et son bras retomba inerte.

Kuperan était fini ; il pleurait de nouveau à chaudes larmes, reniflant bruyamment.

— *Attends ! Attends !* beuglait-il. *Ne veux-tu pas connaître le secret de ta naissance ? Ne veux-tu pas savoir qui a tué ton père ?*

Je savais qu'il était prêt à tout pour gagner quelques secondes de répit, mais le désir ardent d'en apprendre davantage sur mes origines l'emporta malgré tout :

– *Je connais tes stratagèmes désormais. Si tu me trahis de nouveau, tes souffrances seront telles que tu regretteras de ne pas être mort.*

Parle, à présent.

– *Tu m'en veux de chercher à survivre à tout prix,* pleurnichait le Géant, *mais tu agirais tout pareil si tu te trouvais à ma place.*

– *Il est improbable que je me retrouve jamais à ta place,* répliquai-je sèchement en appuyant le talon de ma botte sur sa gorge.

Je me délectai un instant de l'expression de son œil fou, terrorisé par la menace que je représentais pour lui - seul le coassement lointain d'un corbeau vint perturber la quiétude de l'instant et gâcher un petit peu mon plaisir.

– *Tes yeux... ta voix et ton cœur.*

– *Hein ?* sursautai-je.

– *Je n'ai rien dit,* sanglota Kuperan, terrifié.

De fait, ses lèvres n'avaient pas bougé. Ces mots m'avaient été comme susurrés à l'oreille, par une voix étrange - une voix que je ne reconnaissais pas et qui, pourtant, me semblait terriblement familière.

Je regardai autour de moi, inquiet, mais la forêt était calme et il n'y avait personne en vue.

— *Parle, vermine, qu'as-tu à dire à propos de mes parents,* l'invectivai-je, soudain pris d'un sentiment d'urgence et d'inéluctabilité.

De nouveau, la voix souffla dans mon cou les paroles maudites:

— *Ton monde, et ta raison.*

Un sifflement suraigu à mes oreilles.

Kuperan parlait, et parlait. Mais j'étais bien incapable de saisir un traître mot de ce qu'il babillait.

Le sol tanguait de nouveau, les couleurs s'assombrissaient et la colère montait crescendo.

Il était l'heure.

L'heure de tuer.

L'heure de boire du sang.

Non ! L'heure des réponses !

L'heure de boire son sang.

Le moment d'en apprendre plus !

Sieglinde ! Sigmund !

Tuer ! Tuer !

ET BOIRE SON SANG !

Je ne voyais plus rien désormais, ni n'entendais plus rien.

Je n'étais plus que fureur et sauvagerie faite homme.

Les yeux fermés, je plongeai mes doigts dans la gorge du Géant et lui arrachai la trachée.

Puis, me délectant de ses borborygmes incohérents et autres sursauts d'agonie désespérés, je me penchai en avant pour boire à la source les effluves de sa vie qui s'échappait à grands flots bouillonnants.

Son sang était rouge, presque noir, et acide à souhait.

* * *

– *Tu ne connaîtras pas le repos tant que ta destinée ne sera pas accomplie.*

J'attrapai la femme par les cheveux et lui renversai la tête en arrière pour mieux plonger mes yeux dans les siens.

– *Qu'as-tu-dit ?*

Ses paupières étaient mi-closes ; elle était visiblement proche de la jouissance. Son corps nu ruisselait de sueur, sa peau moite glissait contre la mienne et ses chairs paraissaient plus tendres encore, plus appétissantes que jamais.

Ses lèvres s'entrouvrirent pour finalement esquisser un sourire fané, privé d'énergie tandis qu'elle poussait un gémissement confus.

Je secouai la tête, tâchant de chasser l'étrange phrase-couperet qui venait de résonner à mes oreilles comme si elle l'avait prononcée elle-même, comme une sentence divine, une menace prophétique.

Ce n'était rien. Rien de plus que mon imagination qui me jouait des tours. Cela avait commencé dans l'antre de Kuperan...

...j'avais erré des jours dans la forêt, souillé de son sang, dans un état second, incapable de comprendre.

Par les Enfers, pourquoi avait-il fallu que je le tue ? Pourquoi donc lui avais-je ôté la vie tandis qu'il s'apprêtait à me faire des révélations si chères à mon cœur ? Quelle folie animait mon esprit ?

J'avais fini par tomber sur ce village ; les paysans m'avaient célébré comme un héros, ils m'avaient lavé, soigné, couvert de présents. Ils m'avaient offert leurs femmes, à moi, Sigurd, le héros qui les avait débarrassés du terrible Géant...

La position ne me convenait plus. Je me contentai de pousser un vague grognement, attrapai la jeune femme par les épaules pour la soulever tandis qu'elle s'agitait encore sur mon bassin, à la recherche de son propre plaisir.

Puis, je la plaquai d'un coup sec face contre la paillasse et ramenai mes mains le long de sa chute de reins, savourant ses formes, me régalant du frémissement de ses hanches tandis qu'elle attendait que je la prenne.

Elle se cambra violemment lorsque j'entrai en elle et que j'accélérai le rythme.

Et enfin, lorsque mon plaisir atteignit son paroxysme et que mes forces m'abandonnèrent tout soudain, elle poussa un cri d'exaltation et de triomphe qui me glaça l'échine.

Elle me lança un regard fugace où brûlait une lueur de folie et m'invectiva d'une voix rauque et gutturale :

– *Je prendrai tes yeux, je prendrai ta voix et ton cœur, je prendrai ton monde et ta raison. Je brûlerai le tout et te laisserai te consumer dans ses cendres.*

– *Assez !* hurlai-je en la repoussant au sol.

Elle rampa alors jusqu'au mur d'en face, se recroquevilla sur elle-même et tenta vainement de cacher son visage dans ses cheveux encore tièdes et humides de notre étreinte.

Quant à moi, j'étais à bout de souffle, j'aspirai l'air goulûment et tentai de recouvrer mes forces tandis que mon esprit restait confus.

Mais je pouvais les voir.

Je pouvais les voir.

Ses yeux démoniaques, son regard infernal, effrayé et malveillant. Nulle trace de ce visage si désirable qui m'avait séduit, désormais ; les traits porcins de la créature s'effilochaient, craquelaient, se fissuraient et semblaient désormais fondre comme de la cire, se répandant en une flaque fumante.

Elle éclata en sanglots et ses pleurs se muèrent bientôt en un ricanement infernal qui me hérissa les poils de la nuque de plus belle.

C'était donc elle.

C'était elle, la responsable. La sorcière qui m'avait fait perdre l'esprit dans la forêt, face au Géant. La harpie qui m'avait privé de la vérité sur la mort de mes parents.

C'est sans la quitter des yeux que j'attrapai et bouclai mon ceinturon d'armes à ma taille.

Je ne pris même pas la peine de me rhabiller.

La monstruosité avec laquelle je venais de copuler ne m'en laisserait jamais le temps.

Alors, je dégainai ma lame et la levai au-dessus de la tête de la créature qui alternait encore entre pleurs désespérés et rires hystériques.

– *Cela a commencé.*

Ne vois-tu pas, Sigurd ?...

Ne vois-tu pas que cela a commencé ?

J'ai déjà pris tes yeux... et ta raison suivra sous peu.

J'abattis ma lame.

Encore, et encore.

Jusqu'à ce que de la bête immonde ne soit plus que pulpe sanguinolente.

Le rire dérangeant perdura bien après la mort de la créature ; il semblait émaner de la petite maisonnette de bois qu'elle avait habitée.

Je bondis au-dehors, au plus fort de la nuit, pour me trouver nez à nez avec une vingtaine de paysans, armés de fourches et de torches.

Le bruit avait dû les attirer.

Ils étaient silencieux et se tenaient droits, immobiles et me fixant du même regard malveillant que la créature que je venais d'occire. La vue soudaine de leurs traits porcins, fondant comme de la cire sous le coup d'une chaleur intense, provoqua en moi un regain de rage.

Qui étaient ces gens ? Quel était donc ce guet-apens ?

Qui étaient-ils et qui croyaient-ils être pour penser pouvoir ainsi acculer Sigurd, fils de Sigmund et de Sieglinde ?

Je levai mon épée bien haut et tranchai la tête de la créature la plus proche d'un revers de lame. L'un de ses compères se jeta sur moi en hurlant et tenta de m'asséner un coup de torche : je me baissai brusquement et lui flanquai un coup d'épaule dans l'abdomen pour le déséquilibrer. Puis, je fis un pas en arrière et le coupai en deux, d'un coup propre et net, de la clavicule à l'entrejambe.

TES YEUX.

TON COEUR.
TA RAISON.

Il n’en fallut pas davantage pour que le reste de la foule ne commence à s’égailler dans tous les sens en poussant des cris de terreur.

Mais il était trop tard.

Que périssent les monstruosités de ce monde !

J’abomine et je vomis ces créatures qui prétendent me barrer la route ou se jouer de moi !

Ils avaient éveillé ma soif de sang, et la nuit n’était pas finie.

Ma lame virevoltait dans tous les sens, faisant voler des bouts de cadavres de part et d'autre.

Des corps épars, tout autour de moi.

Je baignai bientôt dans leur sang et des morceaux de chair constellaient mes cheveux collés par la sueur.

Aucun n’avait réchappé de ce massacre.

Ce sort funeste, ils l’avaient bien cherché.

Ils l’avaient mérité.

Je promenai lentement mon regard autour de moi, cherchant un quelconque survivant.

Peut-être pour lui poser des questions, peut-être pour lui faire regretter de ne pas avoir déjà rendu l’âme.

Je m'efforçai de rassembler mes esprits, mais le fil de mes pensées était comme voilé ; faiblement, j'entendis le rire aigre et moqueur d'un corbeau dans le lointain.

Qui ? Comment...

Comment avaient-ils pu changer de forme de la sorte ?

Quelle sorcellerie avait-elle été à l'œuvre en ces lieux ?

À une nuit aux couleurs violacées succéda une aube rouge sang au ciel changeant.

Les nuages défilaient au-dessus de ma tête à vive allure, adoptant des formes improbables, coulant comme de l'eau en fusion.

Le soleil était absent.

La température chuta violemment et je me mis à grelotter.

Le soleil était absent.

Seules des lueurs incandescentes filtraient par moments au travers des volutes dans le ciel, se reflétant sur la neige couverte de sang.

Le soleil était absent.

J'étais incapable de dire depuis combien de temps j'étais prostré ainsi à observer mon œuvre macabre.

Les mouches volaient au-dessus des cadavres et se repaissaient de leur viande, la puanteur des corps en décomposition suggérant que cela faisait plusieurs jours déjà que j'avais laissé exploser ma fureur.

Mes souvenirs s'entremêlaient.

Le chaos dans ma tête.

La colère qui agitait mon cœur.

Le sentiment persistant d'être traqué.

Je fermai les paupières un long moment et tâchai de faire le calme dans mes pensées.

Comment diable étais-je arrivé sur ces terres en premier lieu ?

Un coassement me fit sursauter ; je rouvris instantanément les yeux.

Un magnifique corbeau était perché sur mon épaule et me regardait fixement.

Il me semblait tellement irréel…

…le noir de son plumage me parut si profond, presque surnaturel…

…que je crus tout d'abord à une hallucination.

– *Tu ne connaîtras pas le repos, tant que ta destinée ne sera pas accomplie, Sigurd,* grinça-t-il enfin d'un air moqueur.

– *Assez de ces mots insensés, créature sans cervelle !* hurlai-je, laissant éclater ma rage et mon désarroi.

Je tendis la main d'un geste vif pour attraper l'insolent volatile par le cou - le lui rompre, et ainsi le réduire au silence eut été agréable.

Dévorer sa viande, une douce vengeance.

Lui arracher ses plumes une à une et l'entendre couiner de douleur, une incroyable jouissance.

Mais il échappa à mon étreinte.

Pis, il planta son bec dans ma main et voleta autour de ma tête en ricanant, dans une gerbe de sang et de plumes.

– Je prendrai tes yeux ! Je prendrai ta voix et ton cœur !

Je prendrai ton monde et ta raison, Sigurd.

– *Va-t'en, oiseau de malheur !* hurlai-je encore, de plus en plus furieux, de plus en plus désemparé.

– *Je brûlerai le tout et te laisserai te consumer dans ses cendres !* ricanait l'oiseau.

Vois ! Admire mon pouvoir, admire ton œuvre !

Je levai mon épée pour lui asséner un coup de lame et ainsi mettre fin à ses railleries, mais le corbeau avait déjà fui à tire d'aile.

Son pouvoir ?

Mon œuvre ?

Je me souviens avoir marché d'un pas lent, abasourdi par la soudaine compréhension de ce que j'avais fait.

Je me souviens avoir retourné un corps et observé le visage chétif d'un adolescent à peine sorti de l'enfance, les traits déformés par une terreur indicible.

Je me souviens avoir inspecté, mécaniquement, tous les cadavres, à la recherche des visages démoniaques des monstres qui s'étaient présentés à moi armés de fourches et de torches.

En vain.

Nulle trace de créatures dégénérées : j'avais massacré un plein village de mes congénères.

Des humains.

Des hommes, des femmes, beaucoup d'enfants.

Ainsi, la folie commençait à s'emparer de moi...

Était-ce une punition des Dieux qui voyaient d'un mauvais œil que je ne me sois pas encore occupé d'occire le dragon ?

Le ciel reprit peu à peu ses couleurs naturelles et de noirs nuages s'amoncelèrent au-dessus de ma tête pour rapidement éclater en une pluie salvatrice.

– *Tant que ma destinée ne sera pas accomplie, n'est-ce pas, Odin,...* dis-je, dans un souffle.

Je pénétrai dans la maisonnette de bois de la jeune femme qui avait fait de moi un homme, afin de récupérer les affaires que j'y avais laissées.

Quel avait été son nom ?

Je ne crois pas qu'elle me l'ait jamais dit.

Seuls resteraient, gravés dans ma mémoire, le goût de ses seins, le son de sa voix, la douceur de sa langue.

Le sourire désarmant qu'elle m'avait adressé lorsque j'avais posé les yeux sur elle.

Il était temps pour moi de quitter ce lieu maudit.

J'achevai de me rhabiller, puis je repris la route.

Mes pieds se mouvaient tout seuls ; je ne parvenais pas à chasser les images de charnier qui me hantaient dès que je fermais les yeux...

...non plus que je ne parvenais à m'ôter de l'esprit que j'étais responsable de toutes ces morts inutiles. Avais-je halluciné ?

Comment avais-je pu arriver à une telle déchéance ?

Mes pas me menèrent naturellement auprès d'un fleuve ; le clapotis de l'eau et les remous du courant apaisèrent quelque peu le tumulte douloureux des sentiments contradictoires qui m'oppressaient la poitrine.

M'agenouillant au bord de l'eau, je tentai tant bien que mal de faire disparaître le sang et les petits bouts d'os qui parsemaient ma crinière : le massacre du village m'avait laissé un goût amer dans la bouche et j'étais impatient de laisser cet épisode derrière moi.

Et pour cela, il fallait impérativement me purifier le corps de la folie qui l'avait souillé.

Je fixais une fois de plus mon reflet comme on observe un étranger, incapable de cerner ce visage que je savais pourtant être le mien.

Sigurd, fils de Sieglinde, fils de Sigmund.

Ces mots me tournaient inlassablement dans la tête, comme une litanie.

Et comme une litanie que l'on se répète sans cesse, ils perdaient de leur sens, de leur substance ; de fait, je n'avais jamais réellement su qui étaient mes parents, et par là-même, qui j'étais.

D'où je venais.

« Le secret de ma naissance », avait dit Kuperan. De quel secret avait-il voulu parler ?

La Maison de mon père était-elle victime d'une quelconque malédiction susceptible d'expliquer les accès de rage incontrôlable qui étaient les miens ?

Mîme m'avait succinctement parlé de ces parents dont je ne savais rien, que je n'avais jamais connus... et lui-même prétendait n'en avoir que vaguement entendu parler, sans avoir jamais pu les rencontrer.

Donc rien de ce qu'il avait pu me dire n'avait été susceptible de me satisfaire.

Pire, ses approximations et autres récits brumeux n'avaient fait qu'accroître ma frustration, nourrir ma soif de passé et raviver la peine du souvenir volé.

Je reportais mon attention sur le reflet dans l'eau ; ce nez bien formé, épais, légèrement asymétrique, de qui l'avais-je hérité ?

Ces yeux couleur noisette, à qui appartenaient-ils ? Le regard de mes parents avait-il brillé du même éclat rageur ? La tempête couvait-elle dans leur esprit comme l'orage niche dans ma poitrine, prêt à éclater et à se déverser sur mes ennemis ?

Était-ce ainsi qu'ils avaient trouvé la mort ?

Au combat, l'épée à la main, du sang sur les lèvres ?

Avaient-ils pu au moins goûter celui de leurs ennemis avant de rendre leur dernier souffle ?

Un léger clapotis se fit entendre.

Levant les yeux, j'aperçus un loup à la couleur légèrement ambrée sur l'autre rive ; l'une de ses pattes était relevée comme s'il était blessé et il n'avait que la peau sur les os.

Malgré tout, il lapait l'eau tout comme moi, tranquillement, tout en me surveillant du coin de l'œil. Il hérissa à peine le poil - sans s'interrompre pour autant - tandis que je me redressai en douceur pour farfouiller dans mon paquetage : trouvant rapidement ce que je cherchais, je lui lançai un cuissot de sanglier à peine faisandé.

Il releva vivement la tête, retroussant les babines, mais se ravisa bien vite en humant les effluves de viande fraîche ; il eut tôt fait de déchiqueter le léger tissu qui l'enveloppait pour dévorer sans plus de cérémonie l'offrande.

– *C'est pour toi, Bleis,* déclarai-je sans réfléchir, mais le loup ne me prêta aucune attention. *Régale-toi.*

Mes yeux restèrent focalisés sur la bête, comme happés, tout le temps que dura le festin du loup ; j'étais fasciné par ce spectacle qui me ramenait loin en arrière, en d'autres temps, d'autres lieux.

Bientôt j'entendis craquer et le loup releva la tête vers moi : l'os avait été parfaitement nettoyé de sa chair et dans ses yeux dansait une lueur que je connaissais bien et que je savais apprécier à sa juste valeur.

Le goût du sang avait réveillé l'instinct du tueur en lui.

Croiser ce regard me fit réaliser à quel point Bleis me manquait au quotidien.

– *Il y en a davantage,* annonçai-je : *attrape.*

Et je lui envoyai le restant de la carcasse du sanglier que je me destinais pour plus tard. Je n'aurais qu'à chasser, à un moment ou à un autre, pour refaire mon stock de provisions.

Le loup semblait toujours aussi affamé : il se jeta sur la viande sans attendre, et je me régalai à le voir prendre autant de plaisir à se remplir la panse de longues minutes durant.

De fines gouttelettes de pluie perlèrent bientôt sur mon visage et sur mes mains ; je relevai la tête et aperçus vaguement, au-delà de la cime des arbres touffus et moussus de la forêt, de puissants nuages noirs s'amonceler dans le ciel. L'air était électrique et une tension étrange m'agitait le cœur et me secouait les entrailles.

Une fois son repas achevé, le loup leva la tête à son tour, huma l'air d'un air entendu et repartit au trot le long du fleuve.

Une nuée de corbeaux voleta vers l'ouest en rase-mottes, et mon esprit désormais inquiet acheva d'y voir un mauvais présage.

Un coup de tonnerre terrible résonna dans les bois et, presque immédiatement après, un éclair me vrilla les pupilles, m'aveuglant de longues secondes durant lesquelles une pluie torrentielle commença à s'abattre en un fracas assourdissant.

Une odeur de bois brûlé m'emplit bientôt les narines et me brûla la gorge.

Lorsque je recouvrai la vue, ce fut pour me rendre compte qu'un éclair venait de mettre le feu à la forêt.

Je pris une longue inspiration et récupérai mon paquetage qui gisait encore au sol.

Il allait me falloir courir et trouver un abri.

Je jetai un dernier regard dans la direction qu'avait empruntée le loup, espérant vaguement qu'il réchapperait au feu, puis me mis en route à mon tour.

Peine perdue : l'orage fut bientôt sur moi.

Au plus fort de la tempête qui faisait rage, j'avisai une caverne au sein de laquelle je m'empressai de me réfugier : la masse rocheuse protectrice qui s'amoncelait au-dessus de ma tête me garantissait que le feu qui dévorait la forêt n'avait pas sa place ici - et en cet instant, c'était tout ce dont j'avais besoin.

Cependant, l'atmosphère chaude et moite qui y régnait, et qui allait s'épaississant au fur et à mesure que je m'enfonçai dedans, m'apprit rapidement que ce n'était pas une simple grotte... mais un point d'entrée vers les entrailles de la terre. Les tunnels qui s'ouvraient à moi s'enfonçaient bien au-delà des limites de mon champ de vision, dans les ténèbres.

Après m'être enfoncé de plus d'une vingtaine de mètres dans la pénombre tiède et tandis que je pensais être désormais en sécurité, je farfouillai dans mon paquetage pour en sortir de quoi allumer une torche et établir mon campement pour la nuit ; mes os transis et mes vêtements trempés en avaient bien besoin – sans compter mes yeux qui étaient bien incapables de percer les ténèbres dans lesquelles je m'étais plongé.

Il m'avait semblé apercevoir une paire d'yeux rougeoyants me suivre tandis que j'avais progressé péniblement dans la pénombre, et je profitai d'un éclair particulièrement violent pour tâcher de déceler la présence d'une autre créature – sans succès.

Aussi m'assis-je plus confortablement à même le sol, m'efforçant d'allumer un feu salvateur, mais mon équipement détrempé ne me permit que d'obtenir une poignée d'étincelles pathétiques...

Je m'acharnai cependant, bien décidé à dormir dans la quiétude des flammes d'un bon feu de camp.

Un grognement sourd se fit entendre ; mes sens ne m'avaient donc pas trompé, je n'étais pas seul. Je n'eus que le temps de me relever à moitié – un éclair illumina faiblement la grotte pour me révéler la présence d'un ours gigantesque, debout, pattes avant levées en position d'attaque. Je me laissai retomber sur mon séant en espérant vaguement esquiver le coup qu'il me porta ; l'air siffla devant moi et une douleur fulgurante me cingla l'épaule.

Un nouveau coup de tonnerre couvrit le hurlement de douleur et de colère que je poussai alors. L'odeur métallique du sang m'emplit les narines et un liquide poisseux me coula le long du dos. Le coup de patte de la bête m'avait violemment projeté contre la paroi de la grotte, derrière moi, et l'épée que j'avais saisie instinctivement pour la brandir à l'aveuglette m'échappa des mains.

Incapable de voir où se trouvait mon assaillant dans l'obscurité totale, je contractai mes muscles et me raidis un instant qui me parut une éternité ; je ne pouvais qu'attendre un autre éclair, à la faveur de l'orage, pour me faire une idée de la position de l'ours.

Lorsqu'il advint, précédant un nouveau coup de tonnerre assourdissant, ce fut pour me révéler une scène improbable : le loup famélique que j'avais nourri un peu plus tôt m'avait suivi jusqu'ici et avait sauté à la gorge de l'ours, m'accordant les quelques secondes de répit dont j'avais terriblement besoin.

Je me relevai pour me mettre en garde, poings levés, sans même chercher à mettre la main sur mon épée ; c'était inutile, elle était hors de portée.

L'éclair n'avait illuminé l'endroit qu'une fraction de seconde mais cela avait été suffisant pour me permettre de mémoriser le lieu où se tenait l'ours – le grondement du loup, à moitié bravache, à moitié effrayé, acheva de m'indiquer exactement où se trouvait la bête.

Pivotant le buste, je projetai violemment mon poing fermé en arc-de-cercle là où j'estimais que l'ours se tenait : un grognement de surprise mêlé de douleur accueillit mon crochet. Quelque chose me frôla et j'entendis un bruit mat sur la paroi, à côté de moi.

Un nouvel éclair providentiel me révéla que l'ours s'était libéré de l'étreinte du loup et armait sa patte pour me lacérer d'un nouveau coup de griffes rageur : je fléchis les genoux pour esquiver son assaut et me projetai de nouveau en avant. Le crochet du droit que je lui assénai lui arracha cette fois un hurlement monstrueux et, non sans une satisfaction mauvaise, je sentis quelque chose éclater dans son corps à l'impact.

Alors, toujours aveugle, je sautai sur sa carcasse tandis qu'il se roulait au sol et se tordait de douleur, pour l'étrangler de mes propres mains. Du sang frais lui maculait le poitrail : le loup lui avait cisaillé la peau avec les dents en lui sautant en la gorge...

Je glissai mes doigts au travers de la blessure de l'ours pour lui saisir la trachée de la main gauche et je serrai de toutes mes forces, faisant de mon mieux pour lui broyer les entrailles. Il se débattit un instant, me forçant à lui asséner un coup de poing magistral de la main droite. Une fois, deux fois.

La troisième fois, je sentis des crocs sauter à l'impact et reconnus avec satisfaction le bruit des os qui craquent.

Lorsque la bête, terrorisée et agonisante, exhala enfin la dernière once de vie qu'elle recelait, je daignai enfin relâcher mon emprise pour me tourner vers le loup à la robe ambrée auquel je devais probablement la vie.

Je le trouvai à tâtons dans le noir ; son cœur ne battait plus, sa poitrine restait figée.

Je l'empoignai vivement et le portai au-dehors, sous la pluie battante : son œil restait fier et goguenard malgré son corps disloqué. Le loup avait rendu l'âme en payant la dette qu'il estimait me devoir.

Je n'avais pas pleuré lorsque Bleis était mort. Je n'avais pas versé une seule larme.

Alors pourquoi ?

Pourquoi les larmes coulaient-elles à présent en silence sans que je ne sois capable d'en endiguer le flot ?

Pourquoi la peine que je ressentais me retournait-elle ainsi le cœur alors que je n'avais croisé la route de cet animal que quelques instants seulement ?

L'orage se déchaînait toujours et avait avalé les flammes qui avaient dévasté une partie de la forêt.

Une brume étrange envahit les lieux et acheva de poser un voile de mélancolie sur mon cœur.

La pluie n'avait pas cessé.

Un coassement hideux se fit entendre ; je relevai vivement la tête et remarquai le corbeau, perché sur un arbre hors de portée, qui me fixait d'un œil toujours aussi moqueur :

– Je prendrai ton cœur, Sigurd.

Tu auras la brume pour seule compagne, froide et insaisissable. Mais tu auras beau te draper de ses volutes, tu apparaîtras toujours aussi nu à nos yeux, aussi nu qu'au jour où nous t'avons trouvé.

Chapitre 4

Je les entendis avant de les voir ; au son de la cavalcade qui s'approchait s'ajoutait celui des armures qui grinçaient et du métal qui s'entrechoquait.

Les silhouettes d'hommes en armes et armures se détachèrent bientôt dans le lointain. Ils semblaient équipés pour la guerre - peut-être partaient-ils en campagne ?

Même leurs montures étaient caparaçonnées : les lamelles d'acier recouvraient jusqu'à leurs têtes surmontées de pointes, très certainement pour que la charge soit la plus meurtrière possible.

Il fallait reconnaître que le cortège était très impressionnant.

Les ayant repérés de très loin, je m'embusquai derrière une congère. J'étais incertain de leurs intentions et peu désireux d'en découdre avec autant d'hommes à la fois, surtout armés et protégés de la sorte.

À ma grande surprise, le seigneur qui menait la colonne de soldats sonna la halte non loin de ma cachette. Ses hommes et lui mirent pied à terre et je le vis se pencher vers un de ses conseillers, après que celui-ci eut observé le sol avec attention.

Se pouvait-il que ces hommes soient à la recherche de quelqu'un dans les environs ?

Se pouvait-il que...

...qu'ils soient à mes trousses ?

– *Mieux vaut que tu sortes de ta cachette de toi-même, comme il sied à un homme digne de ce nom. Il n'y a nul honneur à se soustraire au danger - quant au jugement royal, tu ne pourras éternellement en réchapper.*

Un sentiment d'outrage terrible s'empara de moi. Me prenait-on pour un pleutre ? Pour un quelconque manant, un bandit de grand chemin ?

– *Je ne crains personne,* tonnai-je en sortant de ma cachette. *Ni homme, ni Dieu, ni bête.*

Qui es-tu donc, pour oser m'invectiver de la sorte ?

Le seigneur ne parut même pas être surpris ; ses pisteurs avaient dû l'informer de ma présence.

Il m'adressa un sourire dénué de toute menace et s'avança d'un pas dans ma direction, sans manifester la moindre crainte.

Il me semblait bien jeune pour mener tous ces hommes - et bien tendre, tout frais, comme s'il sortait des jupons de sa mère. Il avait beau sembler à peine plus âgé que moi, ses yeux trahissaient une candeur que je n'avais jamais connue. Son armure étincelante était finement ouvragée, gravée de motifs et autres runes sans autre usage apparent que de le désigner comme le plus charmant des guerriers à arpenter le champ de bataille - davantage faite, donc, pour l'apparat que pour la guerre.

– *Tu t'adresses à ton Prince et futur Roi, Gundahar, fils d'Aldrian,* énonça-t-il paisiblement - et pourtant je notai dans son ton un soupçon de contrariété.

Sa voix cependant était douce et forte, maniérée tout autant que raffinée, et empreinte d'une sollicitude incompréhensible à mon endroit, moi qui venais de lui manquer de respect devant ses hommes.

Etait-il vraiment le Prince de Vormes ?

Relevant la tête, je pris la peine d'observer attentivement son étendard qui flottait au vent ; d'un blanc argenté éclatant sur fond bleu, un aigle couronné trônait fièrement ailes déployées, encadré d'une épée, d'un bouclier et d'un épieu. Je connaissais ces armoiries.

Elles appartenaient bel et bien à l'héritier du trône de Vormes.

– *Je n'ai pas de Prince, et encore moins de Roi,* grognai-je de mon ton le plus hargneux, la main nonchalamment appuyée sur le pommeau de mon épée.

Les troupes de Gundahar semblèrent s'agiter un instant tandis qu'un murmure d'indignation troublait leurs rangs.

Quant au Prince, il se contenta d'éclater d'un rire musical, en cascade. Un rire franc et harmonieux - le rire de quelqu'un qui n'avait jamais goûté son propre sang.

Peu à peu, les éclats de rire fusèrent, de-ci, de-là, jusqu'à ce que son armée toute entière s'esclaffe sans que je sois en mesure de comprendre en quoi ce que j'avais dit était si drôle.

– *C'est le destin qui nous réunit, Sigurd, fils de Sigmund,* lâcha-t-il enfin, en écartant les bras avec emphase.

– *...comment ?...*

– *Allons, croyais-tu passer inaperçu ?*

Le Roi nous envoie en campagne défendre les frontières et affronter les barbares de l'Est... et en chemin, voilà la nouvelle de tes exploits qui nous parvient.

Je me devais d'aller à la rencontre du pourfendeur du Géant!

Alors... Dis-moi, vaillant Sigurd, est-ce vrai ?

La Bête est-elle tombée? L'abject Kuperan fait-il partie du passé?

Les soldats mettaient progressivement pied à terre, se rapprochant de l'endroit où je me tenais - sans toutefois prendre de risque inconsidéré. Une admiration empreinte de crainte se lisait dans leurs yeux tandis qu'ils me détaillaient de la tête au pied.

Je bombai le torse et annonçai d'une voix forte :

– *La rumeur est fondée : le monstre est tombé. Moi, Sigurd, fils de Sigmund, fils de Sieglinde, l'ai renvoyé dans les enfers qui l'ont engendré.*

Gundahar dégaina vivement son épée et me tournant le dos pour faire face à ses hommes, la brandit en hurlant :

– *Gloire au pourfendeur de Géant !*

Gloire à Sigurd, terreur des abominations, Champion de l'Aigle Vif-Argent !

Ma réticence comme ma perplexité à l'énumération de ces titres ridicules fondirent comme neige au soleil tandis que les hourras des troupes retentissaient avec enthousiasme, emmenés par le Prince qui levait bien haut sa lame à intervalles réguliers.

Dans un coin de mon esprit cependant, flottait l'image plus sinistre mais non moins sanguinolente d'un certain hameau transformé en charnier. L'exploit était autrement moins flamboyant, non plus qu'il n'était digne d'éloges. Mais en avaient-ils seulement eu vent ?

Probablement pas, ou ils ne seraient pas en train de me célébrer de la sorte.

– *Allons, Fléau des Géants ! Viens donc nous raconter tes aventures !*

Que l'on monte le camp ! ordonna-t-il sans attendre ma réponse.

Les soldats s'affairèrent aussitôt à installer les tentes tandis que Gundahar, flanqué de la garde royale, avançait vers moi à grandes enjambées.

– *Marche avec moi, mon bon Sigurd,* m'invita le Prince - le ton de sa voix s'était durci.

Il émanait de lui une certaine forme d'autorité, un certain charisme, pétri cependant d'un soupçon de suffisance habilement maquillé, certainement hérité de son noble lignage. Je ne pus m'empêcher de me demander quelle aurait été l'humilité qui aurait été la sienne, m'eut-il rencontré en étant issu d'une famille de paysans... à passer la majeure partie de sa vie les pieds dans le purin et le reste de son temps à tenter d'en faire disparaître l'odeur.

Cette pensée m'arracha un sourire mauvais, auquel Gundahar répondit d'un regard perçant.

– *Ces sauvages de l'Est sont une vraie menace,* commença-t-il. *Ils brûlent les fermes et les champs, tuent nos gens, pillent nos réserves... ils violent nos femmes et prennent notre bétail.*

Je marchai à ses côtés sans rien dire ; sa tirade n'appelait pas de réponse. Du reste, je n'en avais pas à lui apporter. Je n'avais jamais rencontré de ces guerriers barbares, et c'est tout juste s'ils éveillaient ma curiosité.

Une délicieuse odeur de rôti vint rapidement me chatouiller les narines, menaçant de faire chavirer ma concentration - mon intérêt pour ce que me racontait le Prince diminua d'autant.

– *...ces pauvres gens, non loin de là où tu as occis Kuperan. Des hommes, des femmes, des enfants, indifféremment.*

Je sursautai à ces derniers mots : Gundahar avait changé de regard. Une lueur de perspicacité flottait dans ses yeux, et il me sembla un instant qu'il voyait à travers moi.

Qu'il savait qui j'étais, ce que j'avais fait...

...et quel monstre était tapi au fond de moi.

– *Toi-même, il me semble que tu les as connus. Ils étaient sur ta route, souviens-toi... Ils t'ont fait bon accueil, si la rumeur dit vrai. Quelle pitié que tu ne sois pas resté plus longtemps... Qui sait, peut-être aurais-tu été en mesure de les protéger du raid des Barbares ?*

De nouveau, je notai son regard en biais, de sous les sourcils - il savait. Il savait que j'étais responsable de la mort des paysans du village qui jouxtait la Forêt Noire.

Je fis de mon mieux pour rester impassible - Dieux, que je ne voulais pas laisser paraître ma honte... Que me voulait-il ? Que cherchait-il à obtenir de moi?

Des aveux ?

Des excuses ?

Plutôt mourir.

Plutôt crever, épée au poing, le corps percé de lances et d'un millier de leurs épées plutôt que de...

– *Ces gens m'appartenaient, sais-tu* ? reprit-il. *Des serfs, qui participaient à l'effort de guerre - ils nourrissaient mon armée et maintenant, je dois organiser de nouvelles lignes de ravitaillement.*

Il éclata de rire devant mon air déconfit :

– *Oui, Sigurd, je suis au courant ! Tu m'as coûté une petite fortune, mon ami.*

– *Que voulez-vous de moi ?* grognai-je, mécontent de la tournure que prenaient les choses.

– *Rien de plus que ce que l'on est en droit d'attendre d'un homme d'honneur, rien de moins que ce qu'un homme de ta stature a à offrir : que tu honores ta dette de sang en allant le verser pour moi. Un peu du tien, bien sûr... mais surtout celui des autres.*

Une dette de sang ?

Tuer était encore ce que je savais faire de mieux... après tout, les Dieux ne m'avaient-ils pas choisi pour cette raison ?

Quant au Dragon... peut-être pourrait-il patienter encore un peu?

– *Peut-être oubliez-vous que j'ai occis le Géant, Sire ? Vos terres sont désormais plus sûres, grâce à moi.*

– *Allons,* balaya-t-il du revers de la main. *Nous savons tous deux que le vieux Kuperan ne faisait pas grand tort autour de lui. Il restait dans sa forêt, prélevait un mouton, une chèvre, de temps à autres...*

Parfois lui arrivait-il de dévorer un voyageur inconscient du danger... mais il était si discret que d'aucuns, à la cour, se demandent s'il a jamais existé.

– *Il est aisé de se convaincre que les monstres n'existent pas, bien au chaud chez soi. Il faut se confronter au danger pour en éprouver la réalité : les monstres existent... et ils ne prennent pas toujours la forme escomptée.*

– *Haha ! Bien dit !*

Il congédia d'un geste de la main les gardes qui le flanquaient. Nous nous enfonçames un peu plus profondément dans le campement qui prenait forme et il m'invita d'un hochement de tête à pénétrer dans sa tente, que ses hommes venaient d'achever de monter. Avant de lui emboîter le pas, je pris le temps de dévisager tous ces hommes qui s'affairaient autour de moi et qui étaient entièrement dévoués au Prince, qui n'était pourtant qu'un simple mortel.

Ils lui obéissaient, ils lui appartenaient, et pour rien au monde ils n'auraient questionné son pouvoir et son autorité... par pure loyauté.

Etait-ce donc là la force et la valeur d'un serment ? Son emprise sur la vie ?

Confortablement installé dans sa tente, Gundahar m'attendait, assis sur une litière en peaux.

Il reprit nonchalamment :

– *Non, le Géant n'était rien de plus qu'une simple nuisance.*

D'un autre côté, un village tout entier qui se fait massacrer... Voilà quelque chose de nature à me contrarier réellement.

Allons, acquitte-toi de ta dette. Entre à mon service ! Imagine, ce que nous pourrions accomplir, toi et moi... "Le grand Sigurd, Champion de l'Aigle Vif-Argent !"

– *Ai-je seulement le choix, Sire ?* lâchai-je avec aigreur - pourtant bien conscient que je m'en sortais à peu de frais : le Prince ménageait mon honneur, me manifestant un respect qu'il aurait été en droit de me refuser, moi qui l'avais tancé et provoqué devant ses hommes, quelques instants plus tôt.

– *Le choix t'appartient, bien évidemment,* s'impatienta-t-il. *Les scaldes peuvent parcourir le pays en chantant les louanges du Champion de l'Aigle Vif-Argent, comme ils pourraient très bien faire de toi un crétin sanguinaire, ou encore le parjure le plus veule que Midgard ait jamais vu naître.*

Tes actes te définissent, et la légende te dépeindra en fonction de tes choix.

Le Prince savait faire preuve d'habileté avec les mots ; il était peu fréquent qu'un simple mortel ait l'opportunité de me parler si longuement en faisant preuve de tant de légèreté – et il était encore plus rare qu'il y survive.

Avant de lui donner ma réponse, je l'observai une dernière fois avec attention, le détaillant de pied en cap : rien dans sa posture ne trahissait la moindre crainte à mon endroit. Il semblait absolument certain que j'allais accepter sa proposition, que j'allais faire amende honorable pour m'acquitter de cette “dette de sang”.

Etait-il si sûr de son pouvoir de persuasion ? Ou était-il si peu habitué à ce qu'on lui dise non ?

Ou peut-être...

Peut-être voyait-il vraiment Sigurd, fils de Sieglinde, fils de Sigmund, comme son champion.

Peut-être tenait-il mon sens de l'honneur en si haute estime qu'il n'envisageait pas un instant que je tourne les talons.

Par ailleurs, une petite voix me soufflait que je tenais là ma chance d'obtenir la rédemption ; le visage maculé de sang de la jeune paysanne que j'avais tuée était encore trop présent dans mon esprit.

Etait-ce ainsi que je désirais que l'on se souvienne de moi ?

La voix avinée de Mîme résonna un instant à mes oreilles : “Barbare !”, “Foutu Barbare !” se moquait-elle...

Un vœu n'était certes pas chose à prendre à la légère : l'engagement était terrible et sans retour

Il me faudrait l'assumer jusqu'au bout, dussé-je y perdre la vie ou la gâcher. Tout, plutôt que de risquer de salir mon nom ainsi que celui de ma Maison.

J'étais Sigurd, des Volsüng.

Sigurd, fils de Sigmund, fils de Sieglinde.

Et je me devais de me montrer digne du respect hérité de mon nom.

– *Soit. Je serai votre champion.*
– *Haha ! Vaillant Sigurd ! Qu'il en soit ainsi !*

Il héla un serviteur, lequel entra promptement dans la tente :

– *Sers nous donc deux hydromels !* ordonna-t-il.

Le page me tendit une coupe sertie de rubis ; l'odeur était forte et doucereuse, bien différente de l'alcool que buvait Mîme... et pourtant j'éprouvais une certaine réticence à porter la boisson à mes lèvres, l'image du Nain rampant dans ses déjections encore très prégnante.

– *Allons ! Tu ne bois pas ?* s'étonna-t-il en haussant les sourcils.

Il entrechoqua son verre avec le mien et en but le contenu sans plus réfléchir.
Je lui lançai un regard furieux, mais portai à mon tour la coupe à mes lèvres. Je pouvais sentir le breuvage s'écouler dans mon gosier, me réchauffer les tripes, réconforter mon cœur épuisé par des mois de solitude et de combats, tous aussi absurdes qu'acharnés.

– *Bien sûr, que tu bois avec ton Prince !* s'esclaffa-t-il en me flanquant une tape amicale sur l'épaule.
"*Je n'ai pas de Prince*", pensai-je encore en mon for intérieur...
Mais cette fois, je ne l'exprimai pas à voix haute.

– *Alors c'est décidé, tu viens combattre les Barbares à mes côtés.*

– *Non.*

Un éclair de fureur illumina un instant son regard et un tic nerveux agita la commissure de ses lèvres... mais le Prince se recomposa bien vite une mine, s'efforçant de masquer la frustration et la colère nés de son orgueil blessé.

– *Non ?*

– *Non. Avec tout le respect que je dois à une personne de sang royal... les Ases m'ont confié une quête qui ne peut attendre : j'ai prêté serment.*

Cette "dette de sang" contractée peut attendre. Aussi attendra-t-elle.

– *Je comprends.*

Gundahar sembla se détendre ; sa fierté était sauve, l'affront que je lui faisais n'en était pas un. Il ne pouvait décemment exiger que j'accorde la priorité à une guerre entre simples mortels plutôt qu'à une mission confiée par les Dieux eux-mêmes.

– *Et quelle est donc cette tâche que tu dois accomplir, vaillant Sigurd ?*

– *M'enfoncer dans le Royaume des Brumes pour aller y affronter la monstruosité Fafnir, et ainsi recouvrer le trésor des Nibelungen...*

– *L'Or des Nains !* s'exclama-t-il en sursautant. *Alors le Royaume des Brumes existe bel et bien ?*

Je me contentai de hocher la tête ; qu'y avait-il à répondre à cela ? Evidemment, que les Neuf Royaumes existaient...

J'avais moi-même été élevé par un Nain, j'avais occis plus que mon content d'Elfes échappés de Svartalfheim et même un Géant depuis que j'avais pris la route. Et ce Prince, qui prétendait régner sur la terre des Hommes du Nord, ignorait quelles créatures peuplaient son Royaume ?

– *Des rivières d'or à perte de vue,* continuait-il, le regard brillant. *Mais telle n'est pas la vraie valeur de ce trésor...*

D'aucuns parlent du Heaume de Terreur, qui confère à son porteur la capacité de se métamorphoser en ce qu'il souhaite. Absolument ce qu'il souhaite ! Imagine-toi posséder un tel pouvoir, Sigurd !

– *C'est justement parce qu'un tel pouvoir n'est pas censé tomber entre toutes les mains, que les Dieux exigent de moi que j'en sois le garant,* répliquai-je, peu impressionné.

Mais Gundahar ne m'écoutait plus. Il faisait les cent pas dans sa tente, gesticulant comme un forcené. Son regard était fiévreux et il semblait avoir totalement oublié ma présence.

Quant à moi, le pouvoir du trésor ne me passionnait pas ; je n'avais confiance qu'en ma force propre, celle qui animait mon sang.

Les babioles héritées d'un peuple tombé en disgrâce depuis des éons n'attiraient pas ma convoitise, loin de là. Pour moi, il s'agissait avant tout d'honneur.

De la gloire de ma lignée.

D'un devoir hérité de ma Maison.

– ...quant à l'anneau ! L'anneau d'Otr... Il est dit que son pouvoir soustrait son porteur au jugement des Dieux et le libère des chaînes de la destinée !

Avec cet anneau, je pourrais... Si... cela signifie...

Si ce n'est pas une légende...

Avec cet anneau...

Il sembla soudain s'aviser de ma présence ; une lueur de folie dansait désormais dans ses yeux.

– Sigurd, tu ne comprends donc pas ? Brunehilde est sauvée.

– Brunehilde ? répétai-je, sans comprendre.

Le nom ne me disait rien - ou vaguement. Peut-être Mîme l'avait-il mentionné ?

– Brunehilde ! La Valkyrie. La favorite d'Odin. Tombée en disgrâce !

Le Père de Tout l'a plongée dans un profond sommeil enchanté, au sommet d'une montagne en proie à des flammes éternelles... elle est condamnée, Sigurd, punie à jamais.

Je n'étais pas certain de comprendre où le Prince voulait en venir, ni pourquoi cette affaire l'agitait à ce point. Le Prince s'exprimait avec une passion toute ridicule, agitant les mains dans tous les sens pour ponctuer ses dires.

– L'anneau d'Otr pourrait la sortir de sa torpeur ! Ne comprends-tu pas ?

— *Et risquer d'encourir le courroux d'Odin ? Très peu pour moi,* répartis-je en ricanant.

La folie me guettait déjà, les Dieux me rappelaient constamment que le temps m'était compté avant que je ne perde l'esprit. Que n'allais-je les défier en prétendant interférer dans une affaire qui ne me concernait pas !

Gundahar reprit son souffle et c'est plus calmement qu'il s'efforça de m'expliquer :

— *Un jour, je serai Roi. Alors, il me faudra prendre femme... Et qui d'autre que la fille du plus grand de tous les Dieux, pourrait être pour cela mieux désignée ?*

Allons, mon ami, mon Champion. Si tu consens à m'accorder cette faveur, peut-être même nos deux Maisons pourront-elles s'allier.

Kriemhilde serait tienne ; plus que mon ami et mon champion, tu deviendrais mon frère.

Son discours me prit au dépourvu.

Sa proposition était loin de me déplaire ; entrer dans la famille royale, recouvrer le respect dû à mon rang, restaurer le nom et l'honneur de ma Maison, moi dont le père avait autrefois été Roi...

Du reste, je dois avouer que je n'avais pas été totalement honnête avec lui ; défier les Dieux était une idée qui avait tout pour me séduire... eux, qui se plaisaient à jouer avec mes peurs et mes rêves, ma folie et mon sang – surtout ainsi équipé de l'anneau d'Otr qui me permettrait de me soustraire au châtiment qui s'ensuivrait.

– *Pour cela, il me faut déjà mener ma quête à son terme,* me contentai-je cependant de lui rétorquer sobrement. *Mais... je dois avouer que c'est une idée qui me plaît.*

– *Alors c'est décidé !*

Il éclata d'un rire joyeux et nous resservit lui-même de l'hydromel dans nos coupes vides :

– *Va : je ne te retiens pas davantage. Tu as ma bénédiction. Mais avant toute chose, buvons !*

Puisse le Dragon tomber sous les coups rageurs de ton épée. Tu me retrouveras à Vormes lorsque tu te seras acquitté du serment fait aux Dieux.

Crois-moi, Sigurd : les scaldes chanteront nos noms pour l'éternité.

Chapitre 5

Le froid s'était encore intensifié aujourd'hui. Alors, pour ne pas risquer de geler sur place, je m'étais efforcé de reprendre la route à vive allure. Le secret, c'était de rester en mouvement.

De faire en sorte que le sang ne cesse pas de circuler, jamais. Que les muscles se réchauffent d'eux-mêmes.

A présent que la nuit était tombée, j'avais rassemblé du bois sec et allumé un grand feu. Un vent de désolation soufflait sur ces terres maudites, et j'étais pressé de quitter ce pays aux arbres morts, à la neige inexplicablement noircie. La pierre était recouverte d'une pellicule ocre que je n'avais pas osé toucher.

Mon instinct me hurlait de déguerpir et de ne pas m'attarder - mais mes muscles refusaient désormais de m'obéir. L'épuisement frappait aux portes de ma conscience, le sang me battait aux tempes, et mes jambes ne me portaient plus.

J'aurais donné cher pour simplement m'endormir, mais je ne pouvais pas me permettre le luxe de sombrer.

Un sentiment d'urgence me tenait éveillé - l'inquiétude me tordait les tripes, une angoisse nichait au creux de ma poitrine, que je ne parvenais pas à nommer.

Le spectre d'une menace terrible qui ne m'apparaissait pas clairement - mais que je sentais planer au-dessus de moi comme...

...la mort elle-même.

La mort, qui m'appelait de loin, de sa voix chevrotante, criarde et pourtant séduisante, m'invitant à renoncer à la grandeur de mon destin.

Moi, Sigurd, fils de Sieglinde, fils de Sigmund.

J'étais désormais tétanisé, terrifié à l'idée de m'endormir.

Incapable de bouger...

...et je ne pouvais détacher mon regard des flammes qui dansaient, projetant leurs ombres sinistres tout autour de moi - pourtant je ne pouvais plus ressentir la chaleur qu'elles dégageaient. Ni même le froid qui, encore quelques secondes auparavant, s'insinuait jusque dans mes os.

Alors, je sentis ses griffes m'enserrer délicatement le cou.

C'était une ombre qui s'étirait sur ma poitrine, langoureusement et dont la respiration haletante et chargée de désir s'accélérait à mesure que je suffoquais.

Pris de panique, je m'efforçai de m'ébrouer, de ruer, de me jeter de côté... mais mon corps refusait tout simplement de bouger. Ma bouche restait ouverte, figée dans sa tentative de pousser un cri d'impuissance rageur, un feulement de fauve en captivité - las, aucun son ne filtrait.

Ma gorge se serrait aussi sûrement que ma colère bouillonnait, se répercutant entre les parois de mon crâne qui menaçait d'exploser...

...jusqu'à ce que soudain, je sois en mesure de me libérer.

Emporté dans mon élan, je roulai de côté à quelques mètres de là.

Il ne me fallut qu'un instant pour me redresser sur mes pattes ; furieux et blessé dans mon orgueil, je poussai un hurlement terrible à la faveur de la lune, savourant ma vengeance imminente, invitant les Dieux à se délecter du spectacle sanguinolent que j'allais leur dédier.

Me ramassant sur moi-même, je m'apprêtais à bondir sur la créature lorsque, frappé d'horreur, je réalisai que je me tenais face à mon double.

Il me ressemblait, trait pour trait.

Se tenant bien droit, Sigurd, fils de Sieglinde, fils de Sigmund, se dressait devant moi. Son regard était hagard et sa bouche ouverte lui conférait un air ahuri qui me déplut fortement.

Mais ce n'était pas le plus terrible ; sa silhouette me dominait de toute sa hauteur, et ses yeux fous roulaient dans leurs orbites, sans pourtant jamais me voir.

Et juchée dans la tignasse sale et ébouriffée qui lui tenait lieu de chevelure, une vieille femme minuscule ricanait, velue et fripée, la peau grise et passée, l'œil empreint de malice et de méchanceté.

Ses longs doigts griffus agrippés au cou de sa proie, elle ricanait à gorge déployée.

Elle se lovait autour de son cou, se frottait lascivement contre sa nuque, hurlait de contentement, claquant des dents dans le vent, ses seins grotesques se balançant de tous côtés. Son rire strident sifflait entre les arbres et crissait contre la pierre.

– *Quelle sorcellerie est-ce là* ? voulus-je crier - en vain.

Seul un grognement guttural sortit de mon gosier. La créature jura entre ses dents, avant de cracher dans ma direction. Puis, collant sa joue contre celle de Sigurd, elle lui susurra quelques mots à l'oreille, avant de la lui mordiller, gloussant de contentement.

Soudain pris de frénésie, mon double s'enfuit à travers bois, emportant l'étrange créature avec lui, arrachant comme un dément ses vêtements dans sa course effrénée.

L'espace d'un instant, je fus tenté de me convaincre que je m'étais assoupi, que tout cela n'était qu'un rêve ; mais mon regard se porta alors sur les pattes velues qui me portaient. Mon poil luisait d'une aura bleutée - et je pouvais voir au travers de mes membres.

Un Hugr ! Je m'étais changé en Hugr... Dépossédé de mon corps, j'étais désormais réduit à la plus simple expression de moi-même : un esprit-loup.

Impuissant.

Ethéré.

Condamné.

Le vent soufflait de plus en plus fort, portant à mes oreilles les hurlements sinistres de la créature qui semblait déchaînée.

Folle à lier et ivre d'une jouissance malsaine, elle s'en donnait à cœur joie, à faire courir mon corps jusqu'à ce qu'il tombe de fatigue.

A le chevaucher jusqu'à l'épuiser.

Et qu'il en crève.

Mais avec ou sans mon corps, j'étais Sigurd.

Je restais Sigurd.

Fils de Sieglinde, fils de Sigmund - et il était hors de question que je m'avoue vaincu.

Je fermai les yeux, espérant déterminer dans quelle direction se trouvait la sorcière, la Mara...

...et soudain, le cri d'horreur d'un humain à l'agonie. Il pleurait, suppliait, reniflait et suffoquait de panique entre deux gargouillis ensanglantés.

Je partis au galop, filant comme le vent, glissant sur la neige, aussi léger qu'un flocon. Je ne pesais rien, je n'existais qu'à peine. Sans mon corps, je ne valais guère mieux qu'une âme en peine. Un Hugr privé de son vaisseau, condamné à errer dans la steppe glacée, un esprit de plus, perdu dans la toundra désolée.

Au sein d'une clairière, s'étaient arrêtés des voyageurs pour la nuit. Bien mal leur en avait pris : la Mara, dont seule la tête dépassait de la crinière de Sigurd, avait décidé de jouer avec leurs misérables vies.

Mon corps, nu comme un ver, était penché sur le cadavre désarticulé de l'un d'eux ; la gorge de sa victime avait été déchiquetée à coups de dents. A présent que sa proie ne se débattait plus, il fouaillait ses viscères à mains nues - la Mara tirant frénétiquement sur ses cheveux, comme un marionnettiste aurait joué avec les ficelles de ses poupées. Elle poussait de petits gémissements de volupté, en frottant son corps décharné contre ma nuque, les yeux mi-clos.

Dans mon cœur, le dégoût le disputait à l'humiliation.

Heureusement, toute au plaisir qu'elle éprouvait, elle ne sembla pas me remarquer - moi, Sigurd, le légitime propriétaire de l'enveloppe charnelle qu'elle prétendait contrôler, le Hugr du corps dans lequel elle s'était insinuée.

J'allais mettre un terme à sa folle chevauchée.

Je me ramassai sur moi-même et bondis pour la saisir entre mes crocs. Lorsque je la happai, elle me lacéra le gosier de ses griffes acérées, piaillant de frustration, de surprise et de colère. Désespérée, elle planta les ongles de son autre main dans le crâne qu'elle chevauchait, dans une folle - mais vaine - tentative pour garder son équilibre.

Emportés dans mon élan, la Mara et mon corps tombèrent à la renverse.

Je me relevai prestement et croquai avec délectation la main de la sorcière, la sectionnant d'un seul coup.

Le hurlement qu'elle poussa m'emplit d'une satisfaction malsaine, à peine entachée par la frustration de ne pas goûter le sang de la créature que je venais d'estropier. Elle aussi était éthérée, immatérielle.

La Mara n'était pas incarnée.

Elle se redressa, abandonnant mon corps à son sort, le laissant gésir là où il avait chu, comme une monture devenue inutile que l'on aurait abattue.

Une main griffue tendue devant elle, crachant des imprécations dans une langue que je ne reconnaissais pas, ses joues crevassées tremblotant d'une rage incontrôlée.

Je l'avais interrompue en plein rituel, en pleine extase, en pleine jouissance.

Nous tournions l'un autour de l'autre - et malgré la taille ridicule qui était la sienne, je ne commis pas l'erreur de la sous-estimer. Je savais quel pouvoir elle pouvait encore receler, même ainsi, privée d'une monture à chevaucher.

Une grimace narquoise tordait son visage ; elle savait que le temps jouait contre moi, que mes forces commençaient à défaillir. La fatigue me guettait, moi qui luttais pour rassembler mon essence et continuer à exister sous cette forme qui ne m'était pas familière. Dans quelques instants, le Hugr que j'étais s'évanouirait dans l'air...

...et ne resterait de son passage sur Midgard qu'une vulgaire coquille de chair, transformée en arme meurtrière par la sorcière.

Celui que l'on appelait jadis Sigurd, fils de Sieglinde, fils de Sigmund.

Je vacillais et l'univers perdit encore davantage de sa substance. Tout était perdu.

Tout semblait perdu...

...et pourtant, ce n'était pas ma silhouette qui paraissait s'effacer. La Mara sifflait de colère, son corps fumant à la faveur du jour, tandis que les rayons du Soleil commençaient de poindre à l'horizon, la nimbant d'une aura de lumière qui la faisait trépigner de rage et de douleur.

Je louai Sköll en silence, le loup de la fin des temps dont le souhait le plus cher était de dévorer le Soleil, et qui l'avait rabattu sur ces terres plus tôt que je ne m'y attendais.

La Mara reculait en piaillant de frustration, lorgnant sur le corps qui gisait toujours au sol, et qu'elle n'aurait bientôt plus d'autre choix que de m'abandonner.

Un fluide noir suintait de ses yeux et je pouvais voir au travers de son corps tandis qu'elle cherchait désespérément une ombre au sein de laquelle se blottir pour se régénérer.

Mais un jour nouveau se levait, brûlant sans pitié dans son ascension les cauchemars et la folie humide de la nuit à laquelle il succédait.

La voyant reculer, je saisis ma chance, rassemblant mes dernières forces pour aller me blottir péniblement contre mon corps.

Épuisé, je fermai les yeux... et il me sembla être aspiré à travers le temps et l'espace, dans une autre réalité.

Sur un autre plan, dans un des autres mondes qu'Yggdrasil recelait.

Et pourtant, lorsque j'ouvris les yeux, c'était bien dans mon corps que je me trouvais.

Nu comme au premier jour, et sanguinolent comme jamais. Dans ma bouche, des morceaux de chair, de tripes et de viscères. Sur ma langue, le goût rance et métallique d'un sang humain que je n'avais pas choisi de goûter.

Dans ma main, je serrais encore une poignée d'entrailles que je laissai soudainement choir au sol.

Il me fallait quitter ces terres maudites. Laisser ce cauchemar derrière moi.

La Mara n'était pas morte - elle avait simplement battu en retraite. Je devais quitter ses terres, lui abandonner son territoire - mais si elle devait revenir, je doutais qu'elle s'en reprenne à moi.

Car Sigurd, fils de Sigmund, fils de Sieglinde... était doté d'un Hugr bien trop puissant.

Chapitre 6

Le vent ?

Non, pas tout à fait.

Comme un souffle d'agonie, portant des mots à moitié susurrés, à moitié avalés.

Un vent de panique, qui flotte et se déroule lentement tout autour de moi, m'enveloppe et me porte aux nues.

Une prophétie ?

Une prophétie que je ne parviens pas à déchiffrer.

Les couleurs se muent peu à peu en quelque chose que ma raison refuse désormais d'accepter ; des parois mauves, des nuances grises, des volutes de fumée lilas.

La lumière émane du sol, l'éclat des champignons m'aveugle : ils irradient de colère et je ne peux soutenir la comparaison. Ne reste que la fuite.

Une fuite en avant.

Je bats vaillamment en retraite jusqu'au sommet de la caverne, toujours porté par les vents.

Le sommet de la montagne est troué. Je m'échappe par sa cime décalottée.

Me voilà libre comme l'air, assis sur mon nuage, à contempler la terre, la mer, la pierre, l'éternité.

Au-dessus de moi, il n'est aucun Dieu pour m'accabler, ni m'accompagner.

Ils ont déserté.

Ils ont succombé.

Au-dessous de moi, la vie se meurt et j'en ris à gorge déployée.

L'Hiver est sur nous et il est en train de tout balayer : les Neuf Mondes ne seront bientôt plus qu'un souvenir effacé.

Je réalise vaguement que les Dieux me manquent, que je n'ai plus personne à défier.

J'avale une goulée d'air frais en l'honneur de leur vanité.

Aaaaaaaaheeeeeeeeeeeiiihoooooooooo.

Il y a quelque chose, finalement, en surplomb.

Par-delà les nuages, par-delà les limites de mes croyances et de mes connaissances.

Il y a quelque chose pour après.

Pour quand je mourrai.

Aaaaaaaaaaaheeeeeeeeeeeiiiiiiihoooooooooooooo.

Des voix à l'unisson.

Des cris appelant à la résurrection.

La souffrance à l'état pur, implorant que l'on fasse couler mon sang de bâtard impur.

Je ne suis pas un bâtard.

Je ne suis pas impur.

Je suis l'élu des Dieux, je suis leur messager, je suis leur bras armé.

Je suis…

Sigurd.

Fils de Sieglinde.

Fils de Sigmund.

Qui est Sieglinde ?

Qui est Sigmund ?

Le corbeau.

Le corbeau cherche à me parler.

Il a un message à me délivrer.

Il volète autour de ma tête, s'agite devant mes yeux.

Lui tordre le cou, l'embrocher du cul au bec, et le faire flamber après l'avoir consciencieusement plumé.

Dévorer ses chairs, me régaler de son air vexé.

L'entendre brailler mon nom, débiter ma généalogie.

Déguster sa vie.

TES YEUX.

TON COEUR.

TON MONDE.

Cette voix, je reconnais cette voix.

Cette menace atroce qui plane au-dessus de moi.
Je tends la main vers l'oiseau de malheur...
...tandis qu'une nouvelle bourrasque...

Aaaaaaaaaaaaaheeeeeeeeeeeeeeiiiiiiiiiiihoooooooooooooooo ooo.

...je ne sais plus.
Il a disparu.

– *Ton cœur, ta raison et tes yeux !*

Encore.
Il est au-dessus de moi.
Pourtant, je ne pensais pas pouvoir aller plus haut.

Ultime effort.
Un ultime effort.
J'ai besoin d'un ultime effort.

Une impulsion et je traverse les nuages.

Elles sont là. Elles m'observent.
Immenses.
Démesurées.
Les yeux hagards, le regard vidé, les lèvres mortes.
La peau blafarde, exsangue.

Les têtes coupées de tous ceux que j'ai tués.
Des hommes, des femmes, des enfants décapités.

À perte de vue, des têtes coupées.

Certains ont la bouche ouverte, en une expression cocasse de perplexité.

Tous me rappellent l'horreur perpétrée pour repayer leur hospitalité.

LA HAINE
LA PEUR
LE MÉPRIS

Une nouvelle bourrasque.

Je me retrouve projeté vers une tête monstrueuse - Kuperan, le Géant dégénéré.

Mon premier trophée.

Mon tout premier trophée.

Devrais-je éprouver de la fierté ?

QUI SUIS-JE ?

Je ne contrôle plus rien.

Ni la vitesse de ma course, ni sa trajectoire.

Et voilà que je rebondis sur la joue de l’un, puis sur le nez de l’autre.

Les courants s’intensifient, le vent devient furieux, s’engouffre dans les bouches de ces têtes sectionnées par ma volonté, réunies en mon honneur, et la voix macabre se fait puissamment entendre à nouveau :

Aaaaaaaaaaaaaaaheeeeeeeeeeeeeeeeiiiiiiiihoooooooooooooo ooooooooooo !

Le temps se fige tandis qu'au loin, un arbre m'apparaît.

Un frêne immense, magnifique - à la souche percée d’un trou béant.

Et alors que je me perds dans sa contemplation, soufflé par la pureté et la noblesse de l’énergie qu’il irradie, un frisson glacé me parcourt l’échine.

Un étrange sentiment de tristesse m’ébranle jusqu’au plus profond de mon être.

Je peux ressentir la colère, l’amertume et la souffrance de cet arbre majestueux. Un serpent aux écailles noires ondule entre ses feuilles, qui se fanent à son contact.

Un aigle carmin vient se percher sur sa cime pour y faire son nid.

Dans le lointain, le hurlement d'un loup retentit.

Le vent se lève, et le froid s'étend.

Une voix, dans le lointain, charrie une terrible prophétie :

D'abord, saisi de honte, le père tuera le fils.
Suivant son trépas, celui
Qui fruit de l'inceste et du vice
Annonçant le temps du mépris,
Périra de la main de son frère.
Alors, se déchirera la terre.
Les flots se soulèveront
Et les loups hurleront à l'unisson
Annonçant

L'Avènement du Long Hiver.

C'est en sueur que je m'éveillai.

Malgré la douce tiédeur du jour naissant, je grelottais.

Au-dessus de ma tête, un beau ciel bleu sans nuage, et un soleil dont l'éclat ne faiblissait que lorsque des oiseaux de proie venaient à lui passer devant.

Adossé à mon rocher, je pris le temps de réfléchir à mon rêve... puis, je m'autorisai à rire à voix haute.

Mais le choix ne m'appartenait plus guère.

Les augures étaient clairs.

Je pouvais encore chercher à me soustraire à ma destinée.

Auquel cas, je deviendrais peu à peu fou à lier. Devrais-je en réchapper... que l'Hiver qui s'annonçait se chargerait de m'emporter.

Non, ma décision était arrêtée : il était temps de rentrer.

Il était temps de reforger l'épée.

Partie 2 : Dag

ᛞ

L'aube nouvelle émerge des eaux
Fendant inlassablement les flots.
Tandis que le soleil reprend sa course après chaque nuit
Sur le Destin implacable il rayonne et resplendit
Et nous offre une chance inouïe
D'en tirer le meilleur parti.

Chapitre 1

Je prendrai tes yeux.
Je prendrai ta voix et ton cœur.
Je prendrai ton monde et ta raison.
Je brûlerai le tout et te laisserai te consumer dans ses cendres.

Ces mots ne me quittaient pas.

La voix criarde du corbeau me les répétait sans relâche, du lever du soleil jusqu'au crépuscule.

Je n'y échappais pas moins la nuit ; le vent me soufflait faiblement la prophétie maudite, charriant les paroles du volatile. L'euphorie de la chasse me quittait alors aussi sec et ma proie, jusque-là inconsciente du sort que je lui réservais, relevait la tête, l'œil fiévreux, l'air inquiet.

Ne vois-tu pas, Sigurd ? Ne vois-tu pas que cela a déjà commencé ?

Mes nuits aussi étaient agitées d'un songe terrible - toujours le même, invariablement.

J'étais allongé au sol, nu dans la neige. Et tandis que le corbeau débitait encore et toujours les mêmes paroles honnies, il était cette fois-ci juché sur mon ventre et mesurait la taille d'un homme.

Chacune de ses pattes m'enserrant rudement un bras, il lacérait mes chairs de ses serres aiguisées et m'interdisait tout mouvement. Et il inclinait la tête d'un côté, puis de l'autre, me transperçant l'âme d'un regard noir recelant l'Abîme des Enfers...

Enfin, il partait dans un rire monstrueux, à mi-chemin entre des pleurs de vieillard et le rire d'un chacal, avant de me dévorer sauvagement le foie et le cœur.

Et chaque nuit, je redoutais le moment de m'endormir, car mon sommeil n'était nullement réparateur et je savais qu'au réveil, une vive douleur au côté et dans la poitrine me tourmenterait jusque tard dans la journée.

Alors je me traînais, affaibli, à travers des contrées que je ne reconnaissais plus, à moitié hagard, terrassé debout par la fatigue, mais toujours incapable de me résoudre à m'avouer vaincu.

Pour tenir sur mes jambes et malgré tout continuer à avancer, j'avais ma propre litanie.

J'avais ma propre prophétie.

La vue brouillée et les muscles tétanisés, je n'avais de cesse de me la répéter pour éloigner la folie que le corbeau cherchait à instiller dans mon âme.

Je suis Sigurd, fils de Sieglinde, fils de Sigmund, et le monstre capable de m'ôter ma soif de vivre n'a pas encore été créé.

Je suis Sigurd, fils de Sieglinde, fils de Sigmund, et je refuse de cesser de me battre tant que ce qui m'est dû ne m'aura pas été restitué.

Je suis Sigurd, fils de Sieglinde, fils de Sigmund, et je jure de consumer le monde pour peu que l'on refuse de me le céder.

– *Tu sembles aux portes de la mort. À bout de forces, épuisé et au bord de la folie.*

Tiré de ma rêverie, j'écarquillai les yeux en sursautant, surpris de rencontrer quelqu'un en ces terres reculées.

Je serrai les mâchoires en entendant l'étranger glousser doucement et plissai les paupières dans l'espoir de pouvoir discerner avec davantage de clarté son visage.

Peine perdue, ses traits se perdaient dans l'ombre de sa capuche.

– *Qui es-tu, toi qui oses t'adresser ainsi à moi ? hélai-je d'une voix forte.*

Mon sang bouillait dans mes veines ; sur ces terres désolées, battues par les vents, l'expérience m'avait appris que nulle rencontre n'était fortuite, et encore moins sans danger.

– *Tu t'es égaré et désespères de te retrouver, poursuivit la silhouette encapuchonnée, imperturbable. À quelques lieues à l'est en allant par ce sentier, tu trouveras une montagne. Malgré le froid infernal qui règne sur ces terres maudites, un feu brûle en son sommet, qui ne peut s'éteindre, et que nul ne peut traverser.*

En son sein, tu trouveras ce que tu cherches sans le savoir, tu obtiendras ce que tu ne savais pas désirer et, au terme d'une grande peine, ton cœur oubliera ce qu'il chérit en secret.

Alors ce sera le début de ta fin, Sigurd. Avant même que les récits à ta gloire n'aient commencé à se propager. Les bardes chanteront pourtant ta geste jusqu'à la fin de cette ère, et même au-delà...

Mais tous diront que tout a commencé sur ce mont infernal, cerné de ces terres glacées.

Tu es perdu, Sigurd.

Tu es perdu et tu le sais.

Tu vaincras mais tu as déjà échoué.

Tu te débats mais tu es irrémédiablement damné.

Le sang me battait aux tempes.

Oublié, l'épuisement.

Oubliée, la douleur.

Oubliés, le froid qui me cisaillait les membres et la folie qui se nichait dans les recoins les plus sombres de mon esprit.

Je brandis mon épée et chargeai la silhouette en hurlant.

En hurlant ma rage, en hurlant mon nom, en hurlant mon désespoir tout entier.

Au moment de l'impact, ce fut comme si je traversais la créature de part en part sans même l'effleurer : ma lame se ficha dans la neige et, à ma grande honte, je perdis l'équilibre pour passer cul par-dessus tête.

Une vague de désespoir me submergea.

Malgré la fatigue reprenant le dessus, les vents qui me cinglaient le visage et me mordaient les muscles et l'adrénaline refluant de mes veines gelées, je puisai dans mes toutes dernières forces pour renverser la tête en arrière, juste à temps pour voir la silhouette encapuchonnée s'éloigner lentement dans le lointain, glissant sur la neige sans même laisser de traces.

Une soudaine bourrasque me charria ses dernières paroles, et je frissonnai une ultime fois en les entendant - non pas de froid, cette fois-ci, mais parce qu'il me semblait que le destin dont je croyais avoir repris les rênes m'échappait pour partir au galop de son plein gré, dans une direction dont je ne saurai rien jusqu'à mon point d'arrivée :

– *Sigurd...*
Tu vaincras, mais tu as déjà échoué. Tu te débats, mais tu es damné.

Le blizzard s'était levé au moment exact où j'étais parvenu au pied de la montagne.

Comme me l'avait recommandé l'étranger, j'avais suivi le sentier par l'est - ignorant encore pourquoi je lui avais obéi.

Je crois qu'au fond de moi, j'avais senti confusément que sa voix sonnait juste, qu'il me fallait emprunter cette voie au risque de me perdre irrémédiablement.

Malgré la tempête de neige, je pouvais discerner faiblement une lueur incandescente au sommet de la montagne ; là-haut, un feu magique, éternel, brûlait intensément et ce malgré le froid infernal, et en son centre m'attendait supposément l'objet de mon désir.

Je m'apprêtais à commencer mon ascension mais je m'interrompis dans mon élan pour prendre le temps de réfléchir une dernière fois à la succession d'événements - pour le moins étranges - qui m'avaient amené au pied de cette montagne, au milieu de nulle part, accomplir la volonté d'un vieux fou probablement issu de mon imagination malade.

La réalité et les ombres déformées qu'elle projetait dansaient constamment devant mes yeux, s'entrecroisaient et se mêlaient pour se fondre en une myriade d'illusions inextricables, accouchant du cauchemar éveillé qu'était progressivement devenue ma vie depuis que j'avais quitté Mîme.

Un rêve que j'avais pris pour prophétie, une prophétie que m'avait seriné un volatile à la solde des Dieux, quelques hallucinations et maintenant un spectre encapuchonné.

Alors, j'étais fou.

Le corbeau me l'avait pourtant annoncé : il m'avait menacé de prendre mes yeux, et ma raison.

Cette pensée m'arracha un rire saccadé, lequel se mua rapidement en une quinte de toux douloureuse et mes lèvres gercées par la fatigue et le froid éclatèrent pour se muer en une pulpe sanguinolente. Ma voix se brisa en une multitude d'éclats qui volèrent en tous sens pour se répercuter sur la roche et précipiter une avalanche au loin, dont le vacarme me sembla être une réponse moqueuse à mes tourments.

– *Ha* ! hurlai-je encore à pleins poumons, bras levés.

Alors, j'étais fou ?

Peu m'importait que la neige m'ensevelisse, que la terre m'engloutisse ou que la montagne s'ouvre en deux pour m'avaler tout entier, désormais : même aux portes de la mort, je n'acceptais pas que l'on se joue de moi.

Je n'accordais ce privilège ni aux Dieux, ni aux éléments.

Mais seul daigna me répondre le souffle du blizzard, plaintif, comme en écho à ma propre solitude.

Alors j'avançai la main vers une saillie au-dessus de ma tête et, ignorant la douleur qui me cinglait les muscles, j'empoignai la roche à mains nues pour me hisser vers le sommet et la surprise qui m'y attendait.

Chapitre 2

Des heures et des heures d'ascension, à la seule force des bras ; il y avait déjà longtemps que mes pieds avaient été vidés de leur force et qu'ils ne me soutenaient plus.

Des heures et des heures d'effort, sans m'accorder le moindre repos, la moindre pensée susceptible d'engendrer le plus petit doute - lequel aurait pu me détourner de mon but.

Le soleil se levait, fendant les nuages, étendant timidement ses rayons pour venir lécher mes muscles endoloris.

Encore un peu de souffrance.

Juste un soupçon d'abnégation.

Et enfin, le sommet de la montagne.

Je me hissai, à bout de forces, exténué.

Puis je pris une longue inspiration, savourant l'air grisant des hauteurs emplissant mes poumons...

...lorsque je repris connaissance, le soleil déclinait.

Une journée entière s'était écoulée.

C'était un miracle que, dans mon sommeil, je n'aie pas basculé dans le vide pour chuter lamentablement et m'écraser au bas de la montagne.

Quelle pitié que tel n'ait pas été mon sort : je me sentais misérable, ainsi affalé sur la neige - mais j'étais bien incapable de me redresser.

Alors, je rampai - après tout, je n'étais plus à une humiliation près, à présent. Et je restais assez lucide pour réaliser que seul mon ego était témoin de la déchéance de Sigurd, fils de Sieglinde, fils de Sigmund. Je levai tout de même un sourcil inquisiteur pour balayer le ciel d'un regard inquiet : pas de corbeau moqueur en vue.

Devant moi, le crépitement accueillant et la chaleur maternelle du brasier éternel promettaient mille délices à mes muscles endoloris et à mon esprit balafré.

Cette seule pensée m'insuffla la force de me redresser suffisamment pour mettre un genou à terre. Assise en tailleur devant les flammes, une silhouette en armure blanche me tournait le dos. Sa chevelure était blonde et bouclée, semblait soyeuse et fournie.

Une vague d'espoir m'envahit à sa vue. Un fol enthousiasme coulant dans mes membres meurtris, je titubai à sa rencontre en m'efforçant de la héler - mais ma gorge sèche me trahit, incapable de produire le moindre son.

Qu'importe ! Il en faudrait bien davantage pour entamer mon optimisme à présent !

L'étranger m'avait parlé de cet instant !

Le voyageur spectral, encapuchonné, que...

Que m'avait-il dit, au juste ?

Qu'avait-il promis ...?

Ma vision se brouilla un instant mais je déployai toute l'énergie dont j'étais encore capable pour la stabiliser et recouvrer mon équilibre.

Achevant de me redresser, je fis un pas en avant et, enhardi par mon succès, en tentai un autre.

Puis, vibrant d'espoir, je m'éclaircis la gorge et appelai :

– *Ô, toi qui attends ma venue, es-tu ma surprise ? Es-tu l'objet de mon désir, que mon cœur ignore ?*

La créature se retourna lentement, dévoilant un visage disgracieux aux traits porcins, démentis par deux yeux perçants trahissant une sensibilité et une intelligence hors du commun - et mon cœur crut défaillir de déception autant que d'horreur.

S'était-on moqué de moi ?

Qui ?...

Qui donc risquerait le courroux de...

De Sigurd...

Mon regard hébété retomba sur mes mains tremblantes, puis sur mes bras et mes jambes décharnés, à peine couverts de loques et autres haillons pouilleux.

Je réalisai alors que j'avais perdu mon épée durant mon ascension, ce qui ajouta à mon désespoir.

Voilà donc ce à quoi ressemblait Sigurd, à présent.

Un vagabond, un paria, un crève-la-faim.

L'étranger en armure s'adressa alors à moi, me tirant de ma torpeur - et lorsqu'il prit la parole, ce fut pour me dévoiler une voix étonnamment agréable à entendre.

Ronde, rassurante, vibrante de force :

– *Je ne suis la surprise de personne, sinon de celui qui se croyait mon père. Et certainement pas l'objet de ton désir, à moins que ton cœur ne se porte secrètement vers de curieux travers.*

Je n'avais pas le cœur à essuyer les sarcasmes de qui que ce soit, et encore moins le courage de défendre un honneur auquel j'avais bien du mal à croire en cet instant de pitié.

Et pourtant, lorsque je relevai les yeux vers lui, ce fut pour rencontrer un regard empli de bienveillance - quoique légèrement amusé.

– *Approche-toi donc, étranger*, continua-t-il d'un ton égal, *viens donc reprendre des forces auprès du feu. Et contempler avec moi la cruelle volonté des Dieux.*

Je consentis un ultime effort pour aller m'asseoir près de lui... sans rien dire ; hagard, je ne savais pas par où commencer.

Le gaillard était bâti comme un ogre et j'ignorais au juste qui, ou ce qu'il pouvait bien être. Je n'avais jamais rencontré quiconque de semblable. Sa gentillesse et sa prévenance me touchaient davantage que je n'aurais su l'exprimer ou l'expliquer - quant à sa laideur, elle m'inspirait une pitié que je n'avais jamais éprouvée jusqu'alors.

– *Bois,* m'encouragea le gaillard, me tendant sa gourde. *Les lapins rôtissent et seront bientôt prêts.*

J'avais l'habitude des soirées de beuverie en solitaire de Mîme, aussi hésitai-je un instant. Mais l'image de mes mains osseuses agitées de tremblements me revint en mémoire et j'attrapai subitement la bouteille pour boire une belle rasade de son contenu.

Contre toute attente, la boisson était douce, sucrée, et me réchauffa les entrailles.

– *Je suis Hognir,* se présenta l'homme, comme si cela expliquait tout.

De fait, le nom m'évoquait bien quelque chose, mais j'étais épuisé et mon esprit usé restait incapable de faire le lien avec mes souvenirs morcelés.

– *Sigurd,* répondis-je plus sèchement que je ne l'aurais souhaité.

– *Sigurd,* répondit-il comme s'il avait deviné mon identité avant que je ne la lui dévoile.

Puis, il but une gorgée et me tendit à nouveau sa bouteille.

J'attrapai la gourde qu'il me présentait pour en avaler une nouvelle goulée, sans quitter des yeux les lapins qui grillaient à la broche, suspendus au-dessus des flammes du feu éternel - je me demandais s'il n'y avait pas là une quelconque forme de blasphème, et l'idée même de me régaler d'un repas blasphématoire me réchauffa un peu plus encore les entrailles, apaisant un peu la fatigue nichée dans mon cœur.

Dieux, que j'avais faim.

– *Tu sembles me connaître,* dis-je sur un léger ton de reproche.

– *Bien sûr que je te connais, au moins de nom.*

– *Tout le monde semble me connaître, ces temps-ci...* ronchonnai-je en repensant à l'étranger encapuchonné rencontré la veille. *Où que j'aille...*

– *Tout le monde a entendu parler du Champion de l'Aigle Vif-Argent, allons !* me répondit Hognir avec un petit rire sans joie.

– *Alors, tu as aussi entendu parler de ce titre ridicule,* lâchai-je en le regardant d'un air torve.

– *Il te faudrait désormais te rendre aux confins du monde, pour que ce ne soit pas le cas,* s'esclaffa-t-il.

– *Je sais, c'est idiot.*

– *Détends-toi, Sigurd, fils de Sigmund, fils de Sieglinde. Ici, tu ne seras rien de plus que ce que tu es, ou que ce que tu souhaites être.*

Je le dévisageai de nouveau avec beaucoup d'attention et, voyant cela, il m'adressa un regard fatigué, saisit une petite fiole dans sa besace et en aspergea délicatement les lapins. Un délicieux fumet m'envahit les narines et manqua me faire perdre l'esprit : je n'avais pas mangé depuis plusieurs jours.

– *Tu connais mon ascendance,* remarquai-je, brisant le silence avant qu'il ne devienne pesant.

– *En effet. C'est le genre de choses que l'on apprend aux jeunes nobliaux lorsqu'ils grandissent : la Maison et le lignage de leurs pairs.*

À ces mots, je sursautai :

– *Qu'as-tu dit ?*

– *Je dis qu'il est d'usage de...*

– *J'ai bien entendu,* le coupais-je. *Ce que je veux savoir, c'est si tu as des informations sur mes parents, Sigmund et Sieglinde.*

Hognir me regarda un instant sans rien dire, sourcils froncés, cherchant sans doute à évaluer si je me moquais de lui. Puis il me prit la bouteille des mains, la secoua et, remarquant qu'elle était vide, la jeta au loin en haussant les épaules. Il sortit de sa besace une nouvelle gourde en peaux, l'air indifférent au sort de la première.

– *Tu veux dire que tu ne sais rien d'eux ?*

– J*e ne connais que leur nom,* avouai-je piteusement, la gorge serrée. *Ainsi que le nom de ma Maison. Je ne connais même pas les circonstances de leur mort : tout ce que je sais, c'est qu'ils ont fait face à un ennemi redoutable et que cela leur a coûté la vie.*

– *Je comprends difficilement comment une telle information a pu t'échapper... Il ne s'agit pas là d'un grand mystère. Ton père est une légende. Un grand roi. Ses faits d'armes sont légendaires.*

Aux côtés de mon père, le roi Aldrian, il a quasiment unifié les Isles et les Terres du Nord sous la bannière d'un seul royaume...

– *Le roi Aldrian est donc ton père ?* hoquetai-je, incapable de masquer ma surprise.

Si ce qu'il prétendait était vrai, cela signifiait que le prince Gundahar était son frère - ce qui expliquait aussi comment il était au fait de mon titre de “Champion de l'Aigle Vif-Argent”.

Il plissa les yeux et acquiesça en silence, hochant gravement la tête.

Je le détaillai de nouveau avec davantage d'attention : son visage était tellement disgracieux que je ne m'étais attardé ni sur son blason, ni sur ses couleurs ! Un aigle blanc sur fond noir ornait son bouclier, et son armure était d'une blancheur osseuse. Le blason correspondait : la seule différence entre le sien et celui de Gundahar, outre la couleur, résidait dans le fait que le rapace qui trônait fièrement sur ses armoiries ne portait pas de couronne... ce qui signifiait sans doute que Hognir n'était pas le prince héritier.

– *Sais-tu comment mon père a trouvé la mort ?* lançai-je à brûle-pourpoint.

– *Hélas, non,* me répondit-il, sincèrement désolé. *Mais j'ai ouï dire qu'il avait offensé les dieux à l'heure de sa mort. Peut-être est-ce en rapport ?*

Une colère froide m'envahit à ses mots, et un lourd silence s'abattit sur nous de longues minutes durant. Les paroles de Kuperan me revinrent en mémoire. "Les Dieux t'ont menti !" avait-il prétendu... Je n'y avais guère accordé de crédit, alors.

Ainsi, les Ases jouaient depuis des lustres avec ma lignée.

Le fil de mes pensées s'orienta tout naturellement vers le Nain qui m'avait élevé. Qu'avait-il su ? S'était-il seulement douté de...

...mais bien sûr, qu'il savait.

Le sale petit rat ! Que d'informations précieuses Mîme ne m'avait-il pas dissimulées !

Il me fallait à tout prix en apprendre davantage.

– *Et ma mère, Sieglinde ?* questionnai-je, incapable de lâcher des yeux les flammes du feu éternel qui brûlait devant moi.

– *Sieglinde... D'extraction royale, elle aussi... et surtout, la plus belle femme que les Terres du Nord aient portée, de mémoire d'homme. Mais je n'en sais guère plus, sinon qu'elle n'a pas survécu au roi Sigmund.*

Lorsque je portai de nouveau les yeux sur Hognir, je fus surpris de découvrir son regard fuyant et son air embarrassé.

– *Je t'en prie, Hognir... Si tu es en possession d'une autre information, quelle qu'elle soit... Je dois savoir*, implorai-je.

– *Je... Je ne suis pas sûr de l'authenticité de ce que je vais te révéler. On raconte que ton père et ta mère étaient jumeaux. Elevés séparément, ils seraient tombés fous amoureux l'un de l'autre au premier coup d'œil, sans connaître leur ascendance respective.*

– *Ils...Je...*

Je ne savais plus que dire.

« Sigurd, fruit de l'amour incestueux de ses parents ».

Ce n'était pas vraiment ce à quoi je m'étais attendu. Mais j'avais insisté pour savoir.

Et maintenant, je n'avais pas le droit de le lui reprocher.

Mais si c'était vrai, peut-être cela expliquait-il leur mort violente ? Peut-être avaient-ils ainsi perdu la faveur des Dieux, eux qui abhorrent l'inceste et les fruits pourris qu'il engendre.

Les fruits pourris de la Maison des Völsung...

J'aperçus, du coin de l'œil, un corbeau voleter à lisière de mon champ de vision.

Peut-être était-ce mon imagination... mais il me sembla bientôt discerner son coassement moqueur au loin.

– *Merci, Hognir. Tu n'imagines pas l'étendue de ma reconnaissance.*

– *Détrompe-toi. Je sais ce que c'est que de grandir sans pouvoir mettre un visage sur son père,* grogna-t-il, portant le goulot de la gourde à ses lèvres.

N'osant pas lui demander ce qu'il entendait par là, je me contentai de détourner le regard ; à chacun son fardeau, à chacun le poids de ses secrets.

– *Regarde-moi, Sigurd,* m'intima-t-il alors, l'air amer. *Regarde-moi et dis-moi sincèrement ce que tes yeux voient.*

Je le fixai intensément de longues secondes, m'imprégnant de sa tristesse évidente, avant de répondre :

– *Le faciès est une disgrâce mais l'âme un vrai délice - mes yeux me dévoilent un monstre, tandis que mes autres sens me soufflent que l'être qui se tient devant moi est le plus remarquable et le plus noble qu'il me sera jamais donné de rencontrer.*

Puis, je lui pris délicatement la gourde des mains pour en boire une rasade, savourant le feu qui se déversait dans mes veines à mesure que le liquide douceâtre coulait dans mon gosier.

– *Pourtant, tu ne me connais pas.*
– *Tu partages ton repas avec moi,* dis-je en désignant les lapins qui doraient tranquillement devant nous, *et m'offre de ta boisson. Ton cœur est sincère et ton regard ne porte aucune malice. J'ai voyagé, j'ai tué et tout ce que j'ai gagné, je l'ai obtenu dans le sang.*

Non, Hognir, je te regarde, et je sais tout ce que j'ai besoin de savoir. Moi aussi, je suis un foutu monstre. La peste soit du "Champion de l'Aigle Vif-Argent".

Hognir baissa la tête d'un air songeur, puis ses épaules s'affaissèrent et il soupira profondément.

Alors il leva la bouteille au-dessus de nos têtes et, pour la première fois, un sourire éclatant illumina son visage.

– *Aux monstres !* s'exclama-t-il, le regard brillant. À *ceux qui les tuent, et à ceux qui les enfantent.*

J'éclatai de rire et sa voix ne tarda pas à se mêler à la mienne.

Puis il se leva et récupéra les lapins, fumants et dorés à la perfection, pour en placer deux devant moi. Je ne me fis pas prier et mordis à pleines dents dans la viande fondante. Jamais blasphème n'avait eu meilleur goût.

Aucun de nous deux ne parla jusqu'à la fin du repas. Seul le crépitement rassurant du feu se faisait entendre.

– *Si tu n'es pas ma surprise,* lui demandai-je enfin avec un petit rire, *que fais-tu là-haut, Hognir ?*

Il s'adossa à une grosse pierre derrière lui et, passant les mains derrière sa tête, laissa ses yeux se perdre dans le vague.

Il resta ainsi un long moment... et je choisis de ne pas le presser plus avant de me répondre.

– *Comme je te l'ai dit plus tôt, le roi Aldrian est mon père. Ou du moins, c'est ce qu'il croit. Et avec lui, toute sa cour.*

Tandis que je restais coi, il me lança un regard dur et perçant, ajoutant d'un ton rude :

– *L'histoire que je vais te conter, à nul autre tu ne dois la répéter. Il en va de mon honneur, et de celui de ma mère.*

– *Sur mon honneur, j'en fais le serment,* répondis-je gravement.

Il hocha la tête en signe de gratitude.

– *C'était des années après la naissance de mon frère, le prince Gundahar.*

Un soir que ma mère flânait dans les jardins du château, son roi vint à elle. Il se montra charmant, plus que de coutume - quoique peu enclin à la conversation. Ils passèrent ensemble une nuit merveilleuse et s'endormirent côte à côte dans l'herbe, avec le ciel et les étoiles pour seule couverture.

Lorsque la reine s'éveilla, le roi Aldrian avait disparu : en lieu et place de celui qu'elle tenait pour son mari, ma mère trouva une créature hideuse... Loin de se démonter, le monstre lui annonça ma venue, lui intimant de ne révéler à nul autre que moi l'origine de ma naissance - pour peu que je lui en fasse la demande.

Toute mon enfance, toute ma vie, et indépendamment de mes actes, les gens m'ont vu comme une calamité. Un châtiment d'ordre divin.

Nul ne questionnait la vertu de la reine, que chacun savait exemplaire... alors, les ambitions politiques des ennemis de mon père aidant, les langues se délièrent avec le temps.

Et on murmure partout désormais que les Dieux ont abandonné le roi Aldrian, qu'ils lui ont retiré leur faveur, maudissant son fils et ses terres.

Ne sachant que répondre à tout cela, je m'adossai à mon tour à une pierre plate.

– *À vrai dire... je ne sais pas exactement pourquoi je te raconte tout cela, Sigurd. Peut-être sommes-nous vraiment semblables.*

– *Parce que tu sais que je ne veux rien de toi,* déclarai-je d'un ton placide. *Tu ne ressembles pas du tout à ton frère, sais-tu ?*

Il sursauta à ces mots et, réalisant probablement que je ne pensais pas à mal en disant cela - bien au contraire - son regard se perdit dans le vague.

Moi aussi, je me sentais étrangement en confiance auprès de lui ; comme si je le connaissais de longue date. J'avais la sensation confuse d'observer de près mon propre reflet déformé.

La fatigue, le repas, l'alcool, la quiétude engendrée par le spectacle des flammes du feu éternel et sa chaleur... La soirée était belle, et la compagnie n'aurait pu être meilleure.

– *Peut-être.*

Sans doute.

J'ai toujours su que j'étais différent - et je ne parle pas que de mon physique disgracieux, ricana-t-il, amer. *Toutes ces choses dont je suis capable ! Et cette force terrible qui est la mienne...*

Gundahar n'a jamais pu me tenir tête, lui qui est pourtant mon aîné.

C'est pour cela que je suis là, asséna-t-il enfin en me lançant un regard brillant, *pour accomplir sa volonté, gagner son bonheur, gagner ma place à ses côtés.*

– *Pour Gundahar ?* questionnai-je, perplexe.

– *Allons, tu sais bien ce qui se trouve au-delà des flammes,* me reprocha-t-il en désignant du menton le brasier devant nous.

– *Brunehilde...* soufflai-je à mi-voix, soudain frappé par le souvenir de mon dernier échange avec le Prince.

Je n'avais pas réalisé, jusqu'alors, la nature de l'endroit où mes pas m'avaient porté.

Le mur de chaleur au-dessus des flammes qui dansaient déformait la réalité qui se tenait au-delà, soustrayant à ma vue ce qui se cachait derrière.

– *Brunehilde,* acquiesça Hognir, l'air grave. *J'étais venu la chercher pour mon frère. J'avais espéré...* Il prit une légère inspiration avant de prononcer dans un souffle, tout bas : *j'avais espéré qu'en accomplissant cet exploit pour lui, je serais en mesure de laver l'honneur de mon père, tout en gagnant l'affection de mon frère.*

Il se leva brusquement et posa les yeux sur moi.

– *Il est temps, Sigurd, fils de Sieglinde, fils de Sigmund.*

– *Tu vas tenter ta chance ?*

– *Non, je vais repartir d'où je suis venu. Parler avec toi m'a fait comprendre la vanité de ce que j'étais venu chercher. Je peux tromper mon monde mais je ne peux me fuir moi-même.*

Et si mon frère désire si ardemment épouser la Valkyrie, peut-être alors lui incombe-t-il de braver les flammes lui-même... ne crois-tu pas ?

Il ne semblait pas réellement attendre de réponse de ma part, aussi restai-je silencieux ; Gundahar m'avait imploré d'accomplir l'exploit en son nom... mais je partageais l'avis de son frère : quiconque prétend vouloir épouser la fille d'Odin doit s'en montrer digne et braver les épreuves qui se dressent sur son chemin.

Hognir ferma les yeux un instant. Ses traits se détendirent instantanément et il me sembla désormais rayonner d'une confiance et d'une énergie nouvelles. Lorsqu'il rouvrit les paupières pour planter ses yeux dans les miens, je me sentis submergé d'une tristesse étrange : Hognir et moi n'étions pas faits pour ce monde.

Des héros parmi les mortels, honnis des dieux ou des hommes pour ce que nous étions, voués à la solitude et à disparaître dans la folie et l'oubli.

– *Et toi, que fais-tu là ?*

– *Je... Je ne sais pas,* avouai-je, éprouvant soudain un étrange sentiment de vide. *Je ne sais plus.*

– *Eh bien, je te souhaite de trouver à ton tour ce que ton cœur désire sans que tu le saches.*

– *Que dis-tu ?* sursautai-je.

– *Qu'il se pourrait bien que ce soit le destin qui t'ait fait gravir cette montagne. Nul ne se tient devant ces flammes en vain et sans raison.*

Il me fallut un long moment pour digérer ces paroles et Hognir respecta mon silence.

– *Aux monstres !* m'exclamai-je enfin, en levant la gourde, la gorge serrée.

Il me sourit une dernière fois, but une rasade à son tour et se contenta de me répondre paisiblement :

– *À ceux qui les tuent, et à ceux qui les enfantent.*

Puis il ramassa son paquetage, me tourna le dos et reprit son chemin sans un regard en arrière.

Alors, je me détournai de sa silhouette et reportai mon attention sur le brasier éternel qui brûlait devant moi.

Les derniers mots prononcés par Hognir avaient ravivé une petite flamme d'espoir dans mon cœur.

Et j'étais curieux de voir ce qui m'attendait au-delà du cercle de feu que les dieux avaient érigé au sommet de cette montagne, et qui nécessitait d'être protégé de la sorte.

Je poussai un grognement en tentant péniblement de me dresser sur mes jambes. Le sol tangua sous mes pieds et je chutai rudement sur mon séant.

Ma vision était trouble, la réalité semblait danser devant mes yeux ; l'effort déployé pour atteindre le sommet, l'alcool que j'avais partagé avec Hognir...

J'avais poussé mon corps jusqu'à son extrême limite : mes muscles me faisaient atrocement mal... mais mon estomac ronronnait de plaisir, plein comme il était des lapins dont je l'avais nourri un peu plus tôt.

Je renversai la tête en arrière et cessai de lutter contre la fatigue qui irradiait dans tout mon être. J'avais mérité un peu de repos.

J'avais survécu à toutes les épreuves qui s'étaient dressées en travers de ma route jusqu'ici, et j'étais même parvenu au sommet de cette montagne, sanctuaire sacré pour les Dieux eux-mêmes...

Demain serait un nouveau jour.

L'épuisement me submergea d'un coup et c'est avec cette idée en tête que je sombrai doucement dans un sommeil bienheureux.

Chapitre 3

...J'étais allongé au sol, nu dans la neige. Juché sur mon ventre, le corbeau débitait encore et toujours les mêmes paroles honnies.

Il mesurait la taille d'un homme et, ses pattes enserrant rudement chacun de mes bras, il lacérait mes chairs de ses serres aiguisées en m'interdisant tout mouvement.

Comme à chaque fois, il inclina la tête d'un côté, puis de l'autre, successivement, me transperçant l'âme d'un regard noir recelant l'abîme des enfers...

Il me toisait d'un air moqueur, insensible aux menaces et autres imprécations que je proférais, tandis que je luttais comme un beau diable pour me libérer de son étreinte douloureuse. Puis il partit d'un rire monstrueux, à mi-chemin entre des pleurs de vieillard et le rire d'un chacal, avant de me dévorer sauvagement le foie et le cœur.

Je ne pouvais rien faire d'autre que l'observer avec un mélange d'effroi et de fascination, alors qu'il se régalait de mes entrailles : il était impossible pour moi de détacher mes yeux de ce spectacle étrange.

Un hurlement de douleur inhumain, où se mêlaient surprise et colère, perça soudain le voile de ma conscience, terrée dans les replis de ma carcasse en souffrance, allant jusqu'à couvrir mes propres cris de rage et d'impuissance.

La tête du corbeau bascula sur sa poitrine, inerte.

Son œil mort restait fixé sur moi sans plus me voir.

Un geyser de sang gicla de son cou pour venir asperger les blessures sanguinolentes de mon torse - lesquelles se refermèrent instantanément.

À bout de souffle, les muscles des bras à vif, je me dégageai tant bien que mal de sous la carcasse encore chaude de l'oiseau de malheur qui tourmentait mes nuits, pour découvrir un aigle aux plumes rousses de la même taille, le bec noir encore humide du sang du corbeau qu'il venait d'occire.

Une colère terrible flottait dans ses yeux couleur d'ambre.

Vengeance, semblait-il me souffler.

VENGEANCE !

Puis il se métamorphosa en une belle jument noire. Son hennissement était cassant, cruel et moqueur, tout à la fois.

Terrible et pourtant délicat.

VENGEANCE !

J'ouvris les yeux d'un coup, parfaitement lucide, le souvenir de l'aigle carmin encore vivace dans mon esprit.

Je me levai péniblement ; les courbatures me sciaient les muscles et ma tête bourdonnait. Mon équilibre était précaire et mon pas n'était pas des plus assurés, mais je fis de mon mieux pour me rapprocher de la lisière des flammes éternelles et tenter de voir ce qui se tenait de l'autre côté.

Le soleil déclinait, c'était déjà le crépuscule : j'avais dormi toute une nuit, ainsi qu'une journée complète.

Au-delà des flammes se tenait l'objet de mon désir, et il était temps pour moi d'aller à sa rencontre.

Je ne pouvais qu'entrevoir sa silhouette au travers du rideau de chaleur mais il n'en fallut pas davantage pour faire chavirer mon cœur.

Elle reposait nue dans un caveau de verre et semblait attendre ma venue depuis des éons.

Sa longue chevelure était bouclée, rousse, et peinait à masquer une poitrine généreuse. Ses muscles dessinés trahissaient le maintien d'une guerrière fière et disciplinée. L'aura de puissance qui irradiait tout autour d'elle, glissant le long de ses courbes parfaites, ne laissait aucun doute quant à son ascendance divine.

Ses yeux restaient mi-clos tandis que je susurrais son nom, l'implorant de s'éveiller – je pouvais à peine distinguer le marron-vert de ses pupilles...

...où peut-être était-ce mon imagination.

...où peut-être était-ce une réminiscence de tous ces rêves oubliés où elle me tenait compagnie.

Elle, la femme de ma vie.

Elle, la femme de mes rêves, l'objet de mon désir secret.

La valkyrie déchue que les Dieux avaient punie.

Je hurlai son nom encore et encore... en vain.

Puis j'avançai une main au travers du rideau de flammes : il me fallait le traverser pour la rejoindre, pour la libérer ; incrédule, j'observai ma peau se couvrir de cloques, la chair fondre et se liquéfier.

L'air se chargea instantanément d'une odeur terrible et écoeurante ; je retirai vivement ma main et la plongeai dans la neige

Ce n'est qu'au petit matin que je fus capable de me faire une raison : elle ne se réveillerait pas.

Pas pour moi, pas ainsi.

Pas pour celui que j'étais, tout du moins. Pour pouvoir pénétrer le cercle de flammes, il me faudrait m'en montrer digne.

Seul un héros valeureux serait en mesure de traverser le feu des Ases, de libérer la valkyrie de son châtiment divin et de la ramener dans le monde des mortels. Alors, et alors seulement, il serait son seigneur et maître jusqu'à ce que la mort les sépare, unis par les liens de l'amour et de la destinée.

Je n'avais plus le choix, désormais : il me fallait aller défier Fafnir.

Pas pour Gundahar, pas pour Odin...

Le trésor des Nibelungen serait mien et, avec lui, la main de Brunehilde.

Il me fallait poursuivre ma destinée, pour son salut.

– *Es-tu enfin prêt à mourir pour tes rêves, Sigurd ?* me héla l'aigle carmin - je n'avais même pas remarqué sa présence jusque-là, tandis qu'il se tenait placidement, perché sur un arbre derrière moi.

– *Non. Je suis prêt à vivre pour les réaliser,* répliquai-je calmement.

Et c'est ainsi que, tout simplement, je me sentis libéré d'un poids immense pour la première fois depuis des années.

Au diable ce que les autres attendaient de moi : désormais, j'avais un but propre.

J'avais un rêve.

Il ne m'avait pas fallu plus d'un coup d'œil pour le réaliser : elle était tout ce que j'avais jamais recherché.

Qu'importait le passé ?

Qu'importait mon ascendance ?

Brunehilde m'offrait un futur.

Brunehilde m'offrait une descendance.

Femme, parjure, valkyrie déchue... peu importait ce que cela impliquait, ou ce qu'il adviendrait.

C'était elle que j'avais choisie : il en serait ainsi, dussé-je en mourir de folie.

C'est à contrecœur que j'entrepris de redescendre de la montagne.

Je rechignais à la laisser. Il me fut terriblement difficile de me résoudre à tourner les talons.

Mais je m'étais juré de revenir pour elle.

Et c'est un serment, entre tous, que je comptais bien honorer.

C'est en descendant par l'autre versant que j'aperçus un village, au loin. Je décidai de le rallier ; j'étais à bout de forces et les lapins offerts par Hognir n'étaient plus qu'un lointain souvenir pour mon estomac.

Sans compter que j'avais perdu mon épée...

Il me faudrait m'équiper en conséquence, ne serait-ce que pour parvenir jusqu'à la cahutte de Mîme.

Arrivé au pied de la montagne, je glissai au sol et décidai de m'accorder de longues minutes pour reprendre mon souffle, la tête entre les jambes.

J'avais surestimé les forces qu'il me restait. Une douleur fulgurante écrasait ma poitrine, et mes muscles tremblaient sous le poids de l'effort et de l'épuisement. Je me relevai, tant bien que mal : il me fallait absolument me rapprocher du village.

Coûte que coûte, chercher de l'aide.

Trouver du feu, ou mourir de froid.

La bise soufflait de plus en plus fort, rendant ma progression de plus en plus pénible. La neige avait recouvert le sentier, la brume masquait la position du soleil... je me repérais désormais à l'instinct.

Pendant des heures, je poussai mon corps jusqu'à son extrême limite. Par deux fois, je chutai.

Mon souffle était de plus en plus court, et je me relevai à chaque fois avec davantage de difficulté.

Pourtant, une flamme continuait de brûler en mon cœur, à chaque pas un peu plus vivace.

Devant mes yeux flottait le visage de Brunehilde, comme un songe éveillé.

Il me fallait parvenir à un point en hauteur, afin de m'assurer que j'allais dans la bonne direction. Aussi me mis-je en tête de gravir une congère, espérant avoir une meilleure vue des environs.

Une fois en haut, mes jambes cédèrent pour de bon. Je passai cul par-dessus tête et dégringolai de l'autre côté du monticule.

La douleur.

La fatigue.

Mes membres qui s'engourdissaient…
…puis le néant.

* * *

Au-dessus de ma tête, le ciel étoilé, les astres libres, qui brillent de mille feux comme pour me narguer.

Comme chaque nuit, je hurle à la face de la lune ma frustration et ma colère, pressant Hati de la rattraper pour la dévorer. Mais la lune poursuit sa course, et mon fils la pourchasse en vain.

La rage me submerge de plus belle et faisant volte-face, je saisis Gleipnir, la chaîne de soie magique qui me retient captif, entre mes crocs.

Las, mes entraves tiennent bon.

C'est ce qu'elles sont censées faire.

Bien sûr qu'elles sont résistantes.

C'est ce qu'elles sont censées être.

Quant à la hargne qui m'étreint le cœur, le sentiment d'injustice qui me suffoque, je les chéris, je les entretiens, je les cajole.

J'en aurai besoin, lorsque la Fin des Temps sera annoncée.

Je puiserai allègrement dedans et noierai les Neuf Mondes sous des torrents de sang. Et mon euphorie ne connaîtra pas de limite.

Je prends appui sur mes pattes avant et tire puissamment sur mes liens en espérant les desceller. Sans succès.

Voilà une éternité que je suis retenu ici contre mon gré.

Mon seul crime n'aura été que d'exister.

D'être ce que je suis : l'instrument de la perdition des Ases.

Mais je n'ai demandé à personne de m'engendrer.

Ce Ragnarök qu'ils redoutent tant, je le leur offrirai. Ce ne sera que justice.

D'abord, le soleil et la lune, puis les astres eux-mêmes disparaîtront.

Enfin, l'hiver éternel engloutira leur Asgard bien-aimé.

Je salive à l'idée de me régaler de leur Père de Tout révéré.

Odin m'est promis.

Je ne connaîtrai la paix qu'une fois ce monde ravagé par les flammes.

Quelle pitié que je ne puisse voir le prochain émerger de ses cendres...

L'aigle carmin vient se poser sur le rocher qui me fait face.

Voilà trois soirs qu'il me tient compagnie, en silence.

Mais ce soir semble différent. Son échine est agitée de tics nerveux, il grelotte et secoue la tête dans tous les sens...

...et se métamorphose finalement en un jeune homme à la beauté exceptionnelle.

Des traits fins, un nez aquilin, une longue chevelure bleu nuit tombant en cascade sur ses épaules... et ce sourire sardonique tellement familier.

Je connais ce visage.

Je ne le connais que trop bien.

– Ne gaspille pas tes forces, Fenrir, l'heure n'est pas encore venue, déclare-t-il d'un ton mielleux.

– Qu'êtes-vous venu faire en ces lieux, Père ? Êtes-vous venu me moquer ?

– Me moquer ? Comment le pourrais-je ? répond-il en approchant lentement de moi. Je compatis sincèrement à ta

condition, mon fils. Si je pouvais faire quoi que ce soit pour te venir en aide...

Il est si proche de moi qu'il doit sentir mon souffle sur son visage. Je pourrais lui arracher la tête d'un coup de dent, sans effort.

Je le laisse poser sa main sur mon encolure un instant, plonger ses doigts dans mon poil... mais la colère m'envahit aussitôt et mes mâchoires claquent à quelques centimètres de sa main ; il a bondi hors de ma portée juste à temps pour éviter de se faire dévorer le bras.

Loki pose sur moi un regard amusé, éclatant d'un rire cristallin, comme si je venais de lui faire quelque farce exquise.

– Allons, Fenrir.

C'est assez. Après tout, nous sommes dans le même camp.

– Vous n'êtes du côté de personne, grogné-je avec amertume, sinon du vôtre.

Il éclate de rire de plus belle et saute du haut de la falaise, au sommet de laquelle se tient ma prison à ciel ouvert, pour se métamorphoser en un rapace écarlate au beau milieu de sa chute et disparaître dans la nuit... me laissant me noyer dans ma solitude, me perdre dans mes doutes et mon désarroi.

Dans l'attente interminable de l'Hiver de la Fin des Temps.

* * *

Je m'éveillai en sursaut, incertain de ce qu'il venait de se produire.

J'avais perdu connaissance... et j'avais rêvé que j'étais dans la peau de Fenrir, le loup géant de la Fin des Temps.

Mais était-ce bien un rêve ? Tout m'avait paru si réel...

Je pouvais encore ressentir la fraîcheur de la nuit déposant sa rosée dans mon poil, l'appel enivrant du ciel étoilé au-dessus de ma tête, la frustration de ma captivité...

Et le sourire sardonique de Loki restait gravé dans ma mémoire. Ainsi, c'était lui, l'aigle carmin ?

Je me relevai tant bien que mal en prenant appui sur un arbre mort, doucement, lentement, puis vérifiai que je ne m'étais pas blessé dans ma chute.

A priori, je n'avais rien de cassé - quelques écorchures, mon genou saignait un peu plus abondamment que je ne l'aurais voulu... mais dans l'ensemble, ça allait.

La brume s'était dissipée. C'était le crépuscule, mais il y avait encore suffisamment de lumière pour que je puisse apercevoir l'orée du village à quelques centaines de mètres devant moi.

Je fis quelques pas mal assurés, manquai de tomber et me rattrapai de justesse à un arbuste à ma portée.

Je pouvais y arriver.

Je contractai mes muscles et tâchai de visualiser la blessure sanguinolente de mon genou. Fermant les yeux un instant, je me concentrai en m'efforçant de limiter le saignement, autant que possible.

Je ne me pouvais pas me permettre de m'affaiblir encore davantage.

Je devais parvenir au village.

Il le fallait. J'avais un serment à honorer.

Le sang cessa progressivement de s'écouler de la plaie. Pas complètement, mais suffisamment pour m'accorder le répit dont j'avais besoin.

Lorsque j'arrivai enfin aux portes du village, la nuit était tombée.

– *Halte !* m'intima l'un des gardes en faction. *Qui va là ?*

Ma gorge sèche.

Mes lèvres sanguinolentes.

J'étais incapable de prononcer le moindre mot. Et pourtant, il le fallait...

Je pris une profonde inspiration...

...et de nouveau, je sentis mon corps défaillir.

Le sol enneigé se précipita à une vitesse folle à ma rencontre, mais j'avais perdu connaissance bien avant de toucher terre.

Chapitre 4

Voilà trois mois que je travaillais à la forge de Regin.

Il m'avait recueilli, soigné, nourri, habillé… et maintenant, je le remboursais en travaillant l'enclume à ma disposition avec toute l'ardeur dont j'étais capable.

Le choc rassurant du métal contre le métal, le sifflement familier de l'acier en fusion que l'on trempe, la vision réconfortante d'une lame qui prend forme sous les coups répétés… je n'aurais jamais cru que l'atelier de Mîme m'avait à ce point manqué.

Je me sentais nostalgique.

Davantage encore que je ne m'en serais jamais cru capable.

Peut-être le choc de la révélation du lien qui unissait mes parents avait-il remis en perspective la rancœur que je nourrissais à l'égard de la pitoyable créature qui m'avait adopté et élevé.

Mîme savait, à n'en pas douter, que mes parents étaient frère et sœur… et il m'avait préservé, protégé de cette vérité.

Etonnamment, il n'avait jamais utilisé cette information pour chercher à briser l'homme que je devenais.

Repenser à mes parents m'insuffla un regain de colère, nourrissant mes veines d'une énergie bienvenue : il me fallait finir ce bouclier au plus vite, ou les autres apprentis de Regin ne manqueraient pas de critiquer la qualité de mon travail.

Une fois de plus.

– *Sigurd, mon garçon,* me héla une voix amusée dans mon dos, *il s'agit de marteler le métal, pas de le pulvériser...*

– *Si ce bouclier résiste aux chocs que je lui assène, il sera indestructible,* plaisantai-je sans me retourner.

Regin s'approcha doucement de moi, avant de se pencher vers mon établi pour mieux observer mon travail. Ses longs cheveux grisonnants juraient avec la calvitie naissante du haut de son crâne et donnaient à son visage émacié un air relativement grotesque.

Une vilaine bosse tordait son dos et maintenait constamment sa silhouette légèrement courbée et penchée de côté... mais pour autant que je sache, personne ne s'aventurait, jamais, à traiter l'homme en infirme ou en gueux.

C'était un artisan célèbre, un maître-forgeron. Il était même possible que son art surpasse celui de Mîme... aussi avais-je décidé de faire d'une pierre deux coups en travaillant sous son égide pour rembourser ma dette : j'avais ainsi bon espoir de glaner quelque technique du travail de la forge qui me soit inconnue.

Regin renifla de satisfaction après avoir évalué d'un œil de connaisseur le fruit de mon labeur, puis se dirigea pesamment vers la sortie :

– *Je te laisse à ton travail, garçon. C'est du bel ouvrage.*

Je ne répondis pas - je n'étais pas habitué aux compliments. Aussi me contentai-je de hausser les épaules, avant de me replonger dans mon travail.

J'étais à ce point absorbé que je n'entendis pas arriver Hrogar, l'apprenti favori de Regin. Les autres racontaient qu'il était pressenti pour prendre la succession du maître-forgeron à sa mort ; je n'avais guère prêté attention aux ragots qui circulaient. Je n'y voyais pas d'intérêt.

Le temps que je passais parmi eux était limité, et leurs considérations politiques tout autant que leurs ambitions me paraissaient aussi vaines que futiles.

Je levai les yeux et sursautai en découvrant la mine sinistre du jeune homme ; il arborait l'air sombre et maussade que je lui avais toujours connu depuis mon arrivée en ces lieux. Son torse musculeux était à peine vêtu d'un gilet sans manches de forgeron, laissant entrevoir des pectoraux noueux et des abdominaux biens dessinés.

Las, le jeune homme était à peine sorti de l'enfance - et pourtant nous avions sensiblement le même âge. Mais, tout simplement, nous n'avions pas vécu les mêmes choses.

– *Ho, Sigurd ! Tu ne viens pas manger avec nous autres ?* me demanda-t-il, mielleux.

Un sourire désagréable était apparu sur son visage lorsqu'il fut évident qu'il m'avait surpris.

Puis, faisant mine de perdre l'équilibre, il balaya malencontreusement du revers de la main les fioles et outils qui se trouvaient sur mon établi.

La petite vermine ne me portait pas dans son cœur, de cela au moins j'étais sûr - l'origine de sa rancune, quant à elle, était bien plus obscure.

Peut-être Hrogar était-il jaloux des attentions que me prodiguait Regin, peut-être était-il inquiet à l'idée que je puisse lui disputer la succession du vieux forgeron...

Peu m'importait, en vérité ; leur lot était bien misérable, leur vie bien médiocre.

Un destin plus grandiose m'était promis et je n'avais cure des préoccupations du petit-peuple.

Seule m'importait l'aide qu'ils étaient susceptibles de m'apporter sur le chemin de la gloire qui m'était due.

– *Va donc téter les pis de la chèvre que tu convoites, petit minable,* lâchai-je, tâchant de rester calme et de ne pas céder à la provocation. *Et laisse-moi travailler en paix.*

Il était hors de question que je me laisse distraire de la sorte par un idiot quelconque. M'en prendre à lui aurait pu me causer une somme d'ennuis dont je n'avais nullement besoin.

Je m'étais remis de mes blessures depuis trois mois... à présent, il me fallait impérativement m'équiper en vue de mon périple.

– *Comment oses-tu !...* s'étouffa-t-il de colère.

– *J'ose,* soufflai-je en cessant de marteler l'acier. *Maintenant, cours. Cours pour ta vie.*

Durcissant mon regard, je lui adressai mon plus vilain sourire.

Une goutte de sueur perla sur son front, glissa le long de son sourcil pour finir sa course au coin de son œil ; sa paupière tressauta un instant, irritée par la salinité de la transpiration.

Je savais reconnaître l'odeur de la peur quand ses effluves venaient chatouiller mes narines.

Je laissai une certaine tension s'installer, puis, me sentant d'humeur taquine, j'assénai sans prévenir mon marteau sur le bouclier devant moi, avec toute la violence dont je fus capable.

Hrogar sursauta et, saisi de frayeur se prit les pieds dans une chaise derrière lui ; dans sa chute, il emporta plusieurs étagères, se renversant leur contenu dessus.

Se relevant tant bien que mal, il s'enfuit en me lançant des imprécations à voix basse – ce qui était bien inutile : mes éclats de rire m'auraient de toute façon empêché de saisir la teneur de ses malédictions.

Je reportai mon attention sur le bouclier qui reposait sur l'enclume devant moi ; cette pièce était presque terminée : Regin serait content.

Alors, mon temps en ces lieux toucherait à sa fin.

La nuit était déjà bien entamée lorsque je me décidai enfin à poser mon marteau sur l'établi ; qu'importe que les muscles de mon bras soient si douloureux, j'étais satisfait de mon ouvrage.

Ces trois derniers mois, j'avais senti avec satisfaction mon corps s'alourdir, s'affermir. Je sentais une force familière couler de nouveau dans mes veines, une volonté inébranlable nicher dans mon cœur.

Pour la première fois depuis une éternité, j'avais l'esprit clair, et un but défini.

Lorsque, allongé sur ma paillasse dans l'écurie qui jouxtait la forge, je fermai enfin les yeux, ce fut pour sombrer dans un sommeil paisible.

Un sommeil de plomb.

Un sommeil sans rêve.

Je savais que j'étais sur la bonne voie : enfin, je m'affranchissais de tous mes liens pour reprendre peu à peu le contrôle de ma vie.

Ma quiétude ne dura que peu de temps ; je m'éveillai en sursaut peu avant l'aube, un sentiment d'urgence me prenant aux tripes.

Je me relevai doucement, interdit, tâchant de déterminer la nature de la menace que je percevais sans la voir.

Je pouvais discerner des chuchotements et autres gloussements dans la forge, de l'autre côté du mur.

C'est là que le fruit du labeur de ces derniers mois était entreposé. Un affreux pressentiment achevant de me nouer les entrailles, je me glissai furtivement hors de l'écurie sans même daigner me vêtir. Le soleil dardait à peine ses rayons à l'horizon, le village dormait encore.

La vie était en suspens.

La porte de l'atelier de Regin n'était pas complètement fermée, juste entrebâillée : dans le coin qui m'avait été alloué, à côté de mon enclume, Hrogar et deux autres apprentis fouillaient le râtelier sur lequel reposaient les armes et autres pièces d'armures que j'avais passé du temps à confectionner pour le compte du maître-forgeron.

Mon sang ne fit qu'un tour : je flanquai un violent coup de pied dans la porte qui s'ouvrit à la volée.

Les apprentis se retournèrent instantanément pour me faire face. Une expression d'incrédulité se peignit sur leur visage lorsqu'ils découvrirent que j'étais nu.

Sans rien dire, Hrogar reposa tranquillement la bonbonne d'acide qu'il tenait entre les mains pour dégainer une épée à longue lame et la pointer vers moi avec emphase.

Peu m'importait sa menace silencieuse : j'étais incapable de détourner mon regard du tas de métal corrompu qui avait naguère été mon travail. Toutes ces pièces d'armes et d'armures, dans lesquelles j'avais mis tout mon savoir-faire, dans lesquelles j'avais placé tous mes espoirs...

Toutes irrécupérables. L'acide avait déjà commencé à ronger le métal ; il n'y en avait pas suffisamment pour fondre l'acier, mais tout de même assez pour que l'on puisse imaginer que j'avais mal fait mon travail au moment de la trempe.

– *Et suffisamment idiot, avec ça, pour se présenter à nous nu comme un ver,* se moqua Hrogar à voix basse. *Moi qui me morfondais, ces derniers temps, persuadé que j'étais que les Dieux m'avaient retiré leur faveur... et voilà qu'ils me livrent mon rival sur un plateau d'argent.*

Ses acolytes s'esclaffèrent bêtement à sa suite.

– *Tu fais erreur,* me contentai-je de gronder à voix basse.

– *Ha ! et en quoi donc ?*

– *Tout d'abord, parce que les Dieux ne se préoccupent pas d'un cloporte tel que toi. Tu n'es rien à leurs yeux. Et pour finir, tu n'es rien pour moi non plus... et certainement pas un rival. Tu te flattes tout seul.*

Je n'attendis pas sa réponse ; posant les mains sur l'enclume qui reposait sur l'atelier à côté de moi, je la saisis et tirai d'un coup sec ; les muscles de mes bras saillirent dangereusement sous l'effort mais tinrent bon.

Je la propulsai vers l'un des apprentis en beuglant de colère, laissant littéralement éclater ma rage : sa tête fut pulvérisée à l'impact, projetant de petits bouts d'os dans tous les sens. Hrogar lâcha son arme et se mit à trembler de tous ses membres, livide. Son compagnon se courba violemment en avant et tomba à genoux pour vomir ses entrailles au sol.

– *Quand on s'en prend à quelqu'un,* déclarai-je, *mieux vaut savoir de qui il s'agit. Tu ne sais rien de moi. Et tu ne sais rien de toi non plus ; autrement, tu aurais su que tu es incapable de finir ce que tu as commencé.*

Puis je m'avançai lentement en direction de Hrogar, savourant son expression terrorisée tandis qu'il glissait au sol, dos au mur, se recroquevillant progressivement en position fœtale.

Je n'accordai pas la moindre attention au troisième apprenti qui rampait dans son vomi vers la sortie. Mes yeux étaient rivés sur ma proie tétanisée ; Hrogar semblait avoir totalement oublié l'arme qu'il avait lâchée et qui gisait encore au sol à ses pieds.

Le premier de mes coups de pieds lui fractura la main qu'il levait désespérément dans une tentative futile de se protéger. Le second lui brisa les côtes et un filet de sang jaillit aussitôt de sa bouche. Les suppliques incohérentes se muèrent en borborygmes grumeleux avec le troisième.

Lassé d'user de mes pieds, je me penchai en avant pour le saisir au col de sa tunique et le soulever ; le maintenant bien au-dessus du sol de la main gauche, je le giflais en rythme de l'autre main, faisant voler sa tête de part et d'autre jusqu'à ce que le punir ne m'amuse plus.

– *Ton monde était bien trop insignifiant pour m'intéresser, petit apprenti forgeron,* me moquai-je - mais Hrogar avait perdu connaissance depuis bien longtemps.

– *Lâche-le, Sigurd !* hurla une voix dans mon dos.

C'était la garde de nuit : cinq hommes en armes se tenaient dans l'encadrement de la porte.

La colère me vrilla de nouveau les nerfs et je leur lançai le corps inanimé que je tenais encore à bout de bras. Le premier des gardes le reçut en pleine poitrine et tandis que les autres reculaient, je me baissai pour saisir la lame abandonnée par Hrogar. Ainsi armé, je hélai la petite troupe :

– *Allons, amenez-vous, j'ai encore bien assez d'énergie pour vous dérouiller. Tous ensemble ou un par un, cela importe peu.*

La porte donnant sur les quartiers de Regin s'ouvrit à la volée. C'était le maître-forgeron lui-même, que le bruit de la bataille avait éveillé.

Lorsqu'il posa les yeux sur moi, il sembla comprendre immédiatement de quoi il retournait : il s'interposa entre la garde et moi, bras levés.

– *Baissez-vos armes, ce n'est pas une façon de régler un conflit!*

– *Etrange façon de considérer les choses pour un marchand d'armes,* ricanai-je en faisant faire quelques moulinets à mon épée. *J'espère que tu ne tiens pas ce discours à tes clients, Regin.*

Regin ne répondit pas, mais son regard se posa successivement sur l'apprenti qui gisait à mes pieds, le crâne en morceaux, puis sur le corps inanimé de Hrogar, dont la tunique était maculée de son propre sang.

– *Laissez-moi prendre les choses en mains,* lança-t-il à l'adresse des gardes. *C'est moi qui l'ai recueilli, c'est à moi qu'incombe cette responsabilité.*

* * *

Au-dessus de moi, le ciel étoilé et les astres libres qui brillent de mille feux, encore et toujours, comme pour me guider.

Las, je suis entravé.

Alors, comme chaque nuit, je hurle à la face de la lune ma peine et ma douleur, implorant Hati de se hâter, de la rattraper et de l'engloutir. Mais la lune infatigable poursuit sa course, et mon fils la pourchasse en vain.

Le Dernier Hiver n'est pas pour demain.

Lorsque Ragnarök s'abattra sur le domaine des Ases, il est dit que toutes les chaînes se briseront.

Alors, même Gleipnir ne pourra plus me retenir : Fenrir sera de nouveau libre, libre d'arpenter ce monde et d'en précipiter la fin.

L'aigle carmin se pose sur la branche du frêne, arbre solitaire qui se tient droit à flanc de la falaise où je suis retenu captif.

Par le sentier arrive mon geôlier – celui par qui tout est arrivé. Le port fier, ses longs cheveux argentés agités par la douce brise qui souffle ce soir-là. Une ride soucieuse lui barre le front et sa cape est rejetée sur son épaule droite, masquant sa main amputée.

— Ton odeur m'a manqué ; le goût de ta chair, en revanche, est toujours sur ma langue, Tyr, persiflé-je. Voilà longtemps que tu ne m'as plus nourri, toi qui me soignais lorsque j'étais petit... Mais peut-être est-ce pour cela que tu es revenu me visiter... pour faire, une fois de plus, don de ta personne ?

L'aigle, perché sur son arbre, s'esclaffe bruyamment – mais a la sagesse de se taire lorsque le Dieu de la Justice tourne un regard courroucé vers lui, enfouissant son bec sous son aile.

— Tu sais que nous n'avions guère le choix, Fenrir, dit-il, d'une voix douce.

— Vous me craignez.

— Ta puissance ne connaît pas de limite, concède-t-il, s'approchant encore un peu plus. Allons, laisse-moi te nourrir, tu dois être affamé. Laisse-moi te toucher, la solitude doit te ronger.

— Je n'ai jamais rien fait qui soit de nature à vous nuire, lâché-je, sincèrement peiné.

— Non, mais cela aurait été en ton pouvoir.

Tyr n'est plus qu'à quelques pas de moi ; il avance la main gauche pour me flatter l'encolure, et me caresser la tête... comme lorsqu'il s'occupait de moi, tandis que je n'étais encore qu'un louveteau.

Mais à présent, je suis un loup.

Un loup en colère.

Mes mâchoires claquent dans le vide, sans que je sois en mesure de lui emporter ne serait-ce qu'une phalange.

– Vous craignez mon pouvoir, aussi m'enchaînez-vous sans même me laisser une chance. Et pourtant, vous n'avez même pas le courage de me tuer : ce serait risquer de souiller votre précieuse terre d'Asgard avec mon sang impur. Ne vois-tu pas, ô Tyr ? Cette logique guidée par la peur causera votre perte.

– Il n'est pas encore temps pour le Dernier Hiver.

– L'heure du Ragnarök n'a pas encore sonné... lâché-je, amer. Quant au Crépuscule des Dieux, il est déjà sur vous.

Tyr pousse un long soupir... avant de tirer une épée de son fourreau. Une épée à la lame démesurément longue.

– Tu ne me laisses guère le choix, Fenrir, me dit-il encore de sa voix triste et fatiguée. Tu ne cesses de chercher à mordre tous ceux qui passent à ta portée : je ne vois donc aucune autre alternative.

– Aide-moi, mon père ! Empêche que ne se produise une autre injustice sous tes yeux ! imploré-je en vain, tandis que l'aigle prend son envol pour disparaître au loin.

Tyr s'approche doucement, lentement, tandis que je cède du terrain ; las, je ne peux plus aller bien loin : Gleipnir me tient en son pouvoir, et ma longe entrave mes mouvements.

Je peux clairement voir mon reflet dans la lame brillante que Tyr pointe dans ma direction : celle d'un loup blanc géant au poil immaculé, hérissé de colère et d'indignation, le regard écarlate, rendu fou par la peur et le sentiment d'être injustement acculé.

J'ouvre grand la gueule dans l'espoir insensé de croquer le Dieu de la Justice ; Tyr en profite pour me planter la lame de l'épée dans le palais.

Il m'est désormais interdit de fermer les mâchoires... à moins que je ne désire m'empaler tout seul l'épée dans le gosier.

– Ainsi, tu ne seras plus en mesure de nuire à qui que ce soit, me dit encore Tyr.

Que tu le veuilles ou non : ce ne sera plus en ton pouvoir.

Chapitre 5

– *Assieds-toi, Sigurd,* m'enjoignit Regin d'une voix douce.

– *Je n'en ai pas envie.*

– *Allons, ne fais pas l'enfant,* insista-t-il en prenant place devant la table. *Il faut qu'on parle.*

– *Je peux parfaitement parler en restant debout,* maugréai-je en croisant les bras sur ma poitrine encore teintée du sang de Hrogar.

– *Par tous les Dieux !* tempêta alors le maître-forgeron, *veux-tu au moins m'épargner le spectacle de ta verge qui s'agite dans tous les sens au moindre de tes mouvements ? Par pitié, couvre-toi mon garçon.*

Je baissai un regard perplexe vers mon entrejambe pour découvrir qu'effectivement, j'étais toujours nu... avant d'éclater de rire.

Regin ne se joignit pas à mon hilarité, se contentant de me lancer un regard désapprobateur ...et une couverture ; je la saisis au vol pour la nouer autour de ma taille.

– *La situation ne peut plus durer ; j'ai fermé les yeux tout ce temps chaque fois que tu te chamaillais avec mes autres apprentis, mais tu as franchi une dangereuse limite, aujourd'hui, Sigurd. Ce que tu as fait à ce pauvre Delvin… Quant à Hrogar, s'il survit, il ne sera plus jamais le même.*

– Tes petits protégés n'ont eu que ce qu'ils méritaient. Quant à moi, je ne me chamaille avec personne ; je n'ai pas de temps ni d'énergie à gaspiller à me disputer avec des êtres aussi médiocres… mais quiconque me nuit ou se met en travers de mon chemin doit en payer le prix.

– En travers de ton chemin ?… Mais qu'est-ce donc que ce but mystérieux que tu poursuis, à la fin ? me demanda-t-il encore - et il me sembla voir une lueur étrange briller dans son regard.

Convoitise ? Colère ? Frustration ?

Je n'aurais su le dire avec certitude. Dans le doute, je décidai d'esquiver la question :

– Rien de plus que ce que je te réclame depuis le début : une épée et une armure.

– Tu n'as rien à exiger de moi ! explosa-t-il enfin. *Je t'ai recueilli, soigné, nourri ! Je viens de te tirer d'un mauvais pas, avec ces gardes ! Sais-tu ce qu'il serait advenu, si je ne m'étais pas interposé ?*

– Ils seraient morts, lâchai-je de ma voix la plus sinistre en le regardant durement.

Un silence pesant s'installa tandis que Regin me dévisageait avec stupeur.

Je laissai tranquillement le malaise planer entre nous - et une curieuse expression déforma subtilement les traits du bossu… à mi-chemin entre la fureur, la frustration et la crainte. Quelque chose, dans la façon qu'il avait de relever le sourcil et de soulever sa lèvre supérieure en un tic nerveux répugnant, me rappelait Mîme.

En cet instant, il avait la même lueur d'incompréhension mêlée de terreur dans le regard.

– *Tu veux une arme et une armure... Soit. Je ne sais pas quel est l'objet de ta quête mais... si elle est au moins aussi périlleuse que je l'imagine, il va te falloir le meilleur équipement possible.*

– *Enfin, une réaction raisonnable,* répliquai-je sans me détendre pour autant ; son revirement soudain ne me rendait que plus méfiant.

– *Il y a... à l'ouest de ce village, un pays de terre brûlée, parsemé de fosses et autres crevasses. Dans certaines d'entre elles, on peut trouver un métal blanc, d'une qualité sans pareil. Va donc m'en chercher, et je t'en confectionnerai un équipement bien plus beau que tu n'aurais jamais pu en rêver.*

– *Que me caches-tu, vieil homme ?* questionnai-je, sans plus cacher mes soupçons.

Pourquoi ne pas, tout simplement, me donner une épée et une armure que tu as déjà dans ta réserve ?

– *Disons qu'il s'agit d'un marché : tu vas me chercher un peu de ce métal... et j'en utilise une partie pour toi. Par superstition, personne n'accepte de se rendre sur ces terres. Aussi, il est terriblement difficile pour moi de m'en procurer.*

– *Par superstition, hein ?* répétai-je, durcissant légèrement le ton.

– *Bah ! À quoi peut-on s'attendre d'autre ? Je suis cerné de paysans et autres simples d'esprit ! Allons,* ajouta-t-il avec un petit rire forcé, *avec tout ce que j'ai fait pour toi, tu peux bien me rendre ce petit service ? Je te jure que tu ne le regretteras pas.*

– *J'accepte. Je pars immédiatement,* grognai-je. *Je vais m'habiller. En attendant, fais passer le mot : garde ou pas, quiconque me barre la route meurt.*

Oh, et une dernière chose, dis-je encore avant de sortir de la pièce, *si tu me trahis, ce sera ta dernière erreur.*

Regin hocha lentement la tête sans me quitter du regard ; à en juger par son air sombre, il me croyait sur parole.

La région dont m'avait parlé le maître-forgeron était située à bien des lieues du village - mais pour un marcheur tel que moi, il ne faudrait pas plus de trois jours pour y parvenir. D'autant que j'avais recouvré ma forme d'antan.

Je n'avais pas jugé bon d'emporter d'armure, ni de bouclier ; tout surplus de poids n'aurait fait que me ralentir. Seule une lame d'assez bonne facture, cadeau de Regin avant mon départ, était suspendue dans mon dos. Il se pouvait toujours que je croise des bandits de grand chemin et j'escomptais bien rentrer en un seul morceau, muni de ce fameux métal blanc aux propriétés étonnantes.

Cela faisait un peu plus de deux journées que je marchais à un bon rythme : une odeur de pourriture semblait s'épanouir dès la lisière du pays, appesantissant l'atmosphère, s'épaississant au fur et à mesure de ma progression. Les arbres morts remplaçaient peu à peu la végétation verdoyante, la terre sèche et craquelée prenait progressivement le pas sur l'herbe fraîche - et des crevasses fumantes, exhalant des poches de gaz brûlant, apparaissaient çà et là, tout autour de moi.

Indéniablement, je me rapprochais de mon but.

Lorsque la dernière trace de nature vivace eut disparu de mon champ de vision, que l'air acheva de se charger d'effluves pestilentiels - au point que le simple fait de respirer m'était devenu pénible, le doute qui s'était emparé de moi se mua en une sinistre certitude.

De toute évidence, quelque chose ici corrompait les lieux. Une présence malsaine, une malédiction... je n'aurais su le dire précisément.

Du moins, jusqu'à ce que mes yeux ne se posent sur la trace des sillons creusés à même la terre stérile, gros comme un arbre pluricentenaire.

Quelque chose de massif, de colossal même, était venu ramper ici.

– *Par les Dieux, il s'agit là de bien plus qu'une malheureuse superstition,* grommelai-je. *Quel démon est-ce là ?*

– *Un démon,* coassa une voix familière. *C'est exactement ce qu'est devenue cette créature. Un serpent géant dont le nom, couvert d'opprobre, ne doit plus être prononcé.*

La corneille, perchée sur un arbre brûlé au-dessus de moi, me fixait d'un œil bienveillant.

Je ne répondis pas, incertain des intentions du volatile : les derniers oiseaux doués de parole auxquels j'avais eu affaire étaient presque parvenus à faire chavirer ma raison.

– *Ne vois-tu pas que Regin t'a trahi, Sigurd ? La peur qu'il nourrit à ton égard l'a aveuglé...*

Un sifflement suraigu me vrilla les tympans et je chancelai sur mes jambes, luttant de toutes mes forces pour conserver mon équilibre.

– *Qu'est-ce que c'était que ça ?* demandai-je à mi-voix, dégainant mon épée.

– *Le maître de ces lieux. Tu es sur ses terres : tu ne pourras en réchapper qu'en l'affrontant l'arme au poing. Ta seule chance de survie, néanmoins, est de m'écouter. Equipé comme tu l'es, tu n'as pas l'ombre d'une chance, Sigurd... Son venin aurait tôt fait de te ronger les os, ses crochets de te transpercer les chairs, tandis que son étreinte achèverait de broyer le vestige de celui que tu auras été...*

...pour qu'à la toute fin, il ne reste plus de toi qu'une vilaine pulpe à gober.

– *Que dois-je faire, en ce cas ?*

Au loin, l'atroce sifflement du monstre se fit entendre de nouveau, plus proche et plus douloureux, me frappant de plein fouet en saturant mes sens.

– *Va, Sigurd. Cours sans t'arrêter. Je te guiderai.*

L'idée de m'en remettre aveuglément au volatile avait beau m'être insupportable, je n'avais guère le choix : la dernière fois que j'avais écouté mon orgueil plutôt que ma raison, j'avais bien failli y laisser ma peau.

Aussi décidai-je d'obéir au conseil de la corneille : lorsqu'elle prit son envol, je me lançai à sa poursuite.

Ma course dura ainsi pendant des heures. Je courus à perdre haleine, sautant par-dessus des fosses, escaladant de petits monticules de pierres - et toujours, le sifflement du monstre semblait se rapprocher un peu plus, quels que soient mes efforts pour le distancer.

Je parcourus ainsi ces terres maudites sur des lieues et des lieues, jusqu'à ce que je n'en puisse plus - mon souffle était court et saccadé, mon corps était près de se disloquer, et l'odeur pestilentielle qui empuantissait l'air était presque venue à bout de ma raison.

Trébuchant sur une grosse pierre, je m'étalai de tout mon long sur le sol rocailleux. Sous mes mains, je découvris avec surprise que la terre était humide et qu'une mousse brunâtre recouvrait la roche alentour.

À quelques mètres devant moi, un ruisseau s'écoulait paisiblement. Son eau semblait claire et pure, indifférente à la désolation ambiante.

— *Nous y sommes, Sigurd. C'est ici que la bête vient s'abreuver. Elle est déjà en route : tu n'auras qu'à lui tendre une embuscade...*

— *Une... embuscade ?* répétai-je, incrédule et à bout de souffle.

— *Vois cette crevasse : le monstre passe tous les jours au-dessus d'elle, en rampant, pour atteindre son point d'eau...*

Je souris d'un air mauvais à la corneille, lui adressant un signe de tête entendu : l'idée me plaisait assez.

Je pris encore quelques minutes pour récupérer de ma course effrénée et amorçai prudemment ma descente dans la fosse que m'avait indiqué le volatile. Une fois en bas, je dégainai mon épée en relevant la tête pour jauger l'espace dont j'aurais besoin pour éventrer la créature lors de son passage entre les deux lèvres de la crevasse. C'est là que je réalisai la folie du plan que j'avais accepté de suivre aveuglément : si je n'étais pas capable de la tuer d'un coup, d'un seul… c'en serait fini de moi.

Je serais alors piégé dans la crevasse, sans possibilité de fuite, forcé de faire face à un monstre dont je ne savais presque rien et auquel je n'étais pas préparé…

Le sifflement désormais familier se fit bientôt entendre, tout près. Il m'évoquait le son assourdissant de l'acier brûlant que je trempais dans les cuves de la forge pour le renforcer.

Un autre sifflement, plus léger. La terre vibrait doucement, délogeant tout autour de moi de la poussière et de petits cailloux, au gré de la reptation de la bête.

Quelque chose d'énorme approchait.

L'odeur était infâme, l'atmosphère viciée. Un vent de panique menaça de m'emporter ; je regardai encore fébrilement tout autour de moi, me sentant pris au piège. Si les choses devaient mal tourner, où aller ?…

Un coassement rauque perça le voile de mes pensées, me ramenant à l'instant présent et à la bataille que je m'apprêtais à livrer ; je secouai vivement la tête, tout autant pour reprendre mes esprits que pour chasser mes doutes : j'étais Sigurd, et Sigurd ne fuit pas.

J'étais Sigurd, et Sigurd ne connaît pas la peur.

Regin m'avait trahi ; j'étais brûlant de colère… Ce n'était pas ainsi que j'étais censé finir.

Je danserais sur son cadavre chaud, aussi sûr que je me baignerais dans le sang frais de la créature, trempant mon âme tout autant que mon corps dans le flux des épreuves à venir.

Calant mon dos à la paroi derrière moi, je m'apprêtais à brandir mon épée au passage du monstre.

Ce n'était pas un serpent.

D'ailleurs, je n'aurais su dire avec certitude de quoi il s'agissait, sinon de l'incarnation même de la corruption.

Son corps était recouvert d'un pelage visqueux jaunâtre et suintait un liquide poisseux, lequel coula inévitablement dans la fosse où je me trouvais pour goutter sur mes cheveux – je retins à grand peine un grognement de dégoût lorsque la sécrétion glissa le long de ma joue.

Sa tête était celle d'un ver répugnant ; un trou géant béait en guise de bouche, orné de crochets acérés et huileux, chacun d'eux grand comme mon épée.

J'attendis patiemment que son ventre soit exposé, puis je frappai de toutes mes forces en laissant exploser toute ma colère. La lame perça légèrement le cuir du monstre mais se brisa aussitôt ; la créature rugit de douleur et sa queue fouetta l'air rageusement à la recherche de l'assaillant – avant de réaliser que l'assaut venait par en-dessous.

Malgré l'échec relatif de mon attaque, je constatai avec satisfaction que la blessure, si elle n'était pas mortelle, saignait tout de même abondamment.

Je jetai un œil incrédule vers l'épée fournie par Regin, dont seule la garde était intacte dans ma main : jusqu'au bout, le maître-forgeron ne m'avait vraiment laissé aucune chance.

Le monstre rugit de nouveau et bientôt, sa tête s'engouffra dans la fosse, me laissant admirer la myriade de petits yeux répugnants qui constellaient le haut de son crâne, clignant stupidement à tour de rôle de façon asymétrique. Le gros Ver était visiblement perplexe de constater que c'était une si petite chose qui lui causait une si grande peine.

Ses crochets claquèrent avidement à quelques centimètres de ma tête ; à moins de faire quelque chose de fou, j'étais fini.

– *Attends, j'ai autre chose pour toi !* hurlai-je.

Jetant à terre la garde de l'épée brisée, désormais inutile, je me saisis des mâchoires de la Bête à mains nues, poussant le vice jusqu'à plonger presque entièrement mes bras dans sa gueule ouverte.

Tandis que je luttais de toutes mes forces, le monstre hurlait, fou de douleur ; sa queue fouettait l'air de rage, dévastant les arbres qu'elle rencontrait, claquant contre la terre, fracassant la pierre.

L'effort que je déployais était terrible, mais je pouvais sentir ses os craquer, peu à peu, les uns après les autres - Dieux, que l'odeur était pestilentielle !

Dieux, que la douleur était terrible...

Mon sang se mêlait à ses fluides, mes cris guerriers se noyaient au milieu des siens...

Au cœur de la bataille, nous ne faisions plus qu'un. Nos corps pesaient l'un contre l'autre, au bord de la mort et nous n'avions désormais plus que nos volontés à nous opposer...

Enfin, ses chairs se déchirèrent. Le Ver poussa un dernier hurlement strident, et des torrents de sang et de tripes se déversèrent dans la fosse dans laquelle je me tenais.

Quant à moi, le choc de mon élan me disloqua l'épaule… et c'est tout mon corps qui fut violemment projeté en arrière, sous le poids du cadavre du monstre. Je dégringolai au fond de la crevasse, où je me cognai violemment la tête.

Je restai un long moment immobile, à baigner dans les fluides visqueux ; ma vision était trouble, le sang me battait aux tempes.

Je pouvais sentir mon cœur battre jusque dans mes dents.

Au-delà, je n'entendais ni ne ressentais plus rien…

…plus rien.

* * *

Le froid atroce qui règne en ces lieux me glace les sangs.

Je secoue délicatement mes anneaux pour en déloger la fine couche de givre qui les recouvre, faisant scintiller mes écailles. Un délicieux cliquetis résonne dans la salle du trône du château d'Utgard, tandis que je rampe nonchalamment en direction d'Angrboda, ma mère. Elle tend la main, me permettant de m'enrouler autour de son bras pour finalement me nicher au creux de son sein.

Des coups sourds secouent les lourds vantaux de la forteresse, me tirant déjà de la douce torpeur dans laquelle je venais tout juste de me plonger.

Avant qu'Utgardloki, qui s'est levé de son trône, n'ait le temps d'ordonner que l'on ouvre les portes, elles s'ouvrent à la volée, en un fracas terrible.

Je m'enroule un peu plus profondément dans les plis de chair de ma mère, tandis qu'elle passe un bras rassurant sur mes écailles.

Deux corbeaux s'engouffrent dans la pièce en coassant.

J'ai toujours éprouvé la plus profonde aversion pour ces vilaines créatures.

– Où se cache-t-il ? gronde l'homme en faisant irruption dans la salle du trône, son œil unique balayant autour de lui d'un regard terrible.

– Tu ne l'auras pas, Odin. Tu es bien loin de chez toi, petit Dieu, grogne ma mère tandis que je réalise avec effroi que la créature est ici pour moi.

– Prends garde à tes paroles, Angrboda. Tu sais que je suis partout chez moi.

– C'est le deuxième de mes enfants que tu veux me prendre, Odin. Quelle mère serais-je, si j'acceptais cela ?

– Je suis le Père-de-tout, réplique l'homme, rayonnant d'assurance malgré sa taille ridiculement petite. Il est dit que ta progéniture scellera le destin des Dieux. Ragnarök...

Quel père serais-je, si je ne faisais pas tout ce qui est en mon pouvoir pour empêcher cela ?

Ma mère soupire avant de décroiser les bras, me dévoilant à Odin. Comprenant qu'elle s'apprête à m'abandonner à mon sort, je desserre mon étreinte et me laisse tomber à terre. Puis, je rampe aussi vite que je possible à travers la salle du trône, dans l'espoir insensé d'échapper à l'inévitable : las, les doigts puissants du maître d'Asgard se referment bientôt sur mon cou en une étreinte implacable.

Il porte ma tête au niveau de la sienne et me force à plonger mon regard dans le sien.

Sa paupière droite est balafrée... Son œil gauche, quant à lui, recèle une sagesse insoupçonnée, ainsi qu'une immense tristesse qui me désarçonne.

— Lâche-moi, petit Dieu ! sifflé-je de colère. Je ne veux pas de ta pitié !

Mais Odin a déjà détourné le regard et ne m'accorde plus guère d'attention.

Me tenant fermement dans sa main, il quitte le palais d'Utgard sans que personne n'ose s'interposer.

Après avoir chevauché ainsi sur bien des lieues, il se décide enfin à mettre pied à terre sur le rivage.

Une colère sourde s'empare de moi, ainsi qu'un terrible sentiment d'injustice.

Rien ne justifiait que l'on me sépare de la sorte de ma mère, du monde que j'ai connu.

Ma rage continue d'enfler à mesure que je tournoie dans les airs : l'horizon vrille sous mes yeux, plus rien n'a de sens sinon ma vengeance prochaine.

Mû par la peur, effrayé par la perspective du Crépuscule des Dieux qui lui a jadis été annoncé, Odin vient de me jeter à la mer... dans l'espoir insensé de contrecarrer une prophétie dont rien ne saurait, jamais, entraver le cours inéluctable.

Moi, Jörmungandr, ferai désormais du lit des eaux mon domaine...

...jusqu'à ce que Ragnarök ne sonne le glas de cette ère.

* * *

J'étais vivant.

Ma tête et mon bras me faisaient atrocement mal, et il me semblait qu'on m'avait défoncé la poitrine à coups de botte.

Mais j'étais vivant.

Je jetai un œil prudent autour de moi : toujours allongé dans la fosse où j'avais tendu mon embuscade au monstre, je baignais dans le sang.

Il y en avait bien trop - et il était bien trop noir - pour qu'il s'agisse du mien, auquel cas je n'aurais jamais rouvert les yeux... en tout cas, pas dans ce monde.

Les fluides sombres suintaient la corruption, coulant en cascade depuis les lèvres de la crevasse en surplomb.

Me relevant tant bien que mal, j'aperçus vaguement la carcasse fumante de la bête : son corps était démantibulé en plusieurs morceaux.

Grognant sous l'effort, je m'extirpai à grand peine de mon trou - je dus m'y reprendre à plusieurs fois : les parois étaient rendues glissantes et poisseuses à cause du sang qui les maculait... et j'étais encore faible.

Mais j'étais vivant.

Et, malheureusement pour lui, Regin le traître aussi - du moins, jusqu'à ma visite prochaine.

* * *

D'abord, saisi de honte, le père tuera le fils.

Suivant son trépas, celui

Qui fruit de l'inceste et du vice
Annonçant le temps du mépris,
Périra de la main de son frère.
Alors, se déchirera la terre.
Les flots se soulèveront
Et les loups hurleront à l'unisson
Annonçant
L'Avènement du Long Hiver.

L'aigle carmin, perché sur le cadavre du corbeau, cligne des yeux de manière asymétrique. Son regard reste fixé sur moi. Son bec s'entrouvre et laisse échapper un rire moqueur et désinvolte qui me remue les entrailles.

Puis, je remarque les œufs dans le nid derrière lui.

L'un d'eux bouge… Un frisson glacé me hérisse l'échine tandis que le nez d'un reptile en perce la coque d'un coup sec.

Il est minuscule, ses écailles sont d'un noir transparent… et pourtant déjà, il transpire le vice et la corruption. Il lève la tête, pose à son tour son regard sur moi – mais ne paraît pas me voir. Il semble chercher quelque chose.

Il l'a trouvé.

Méticuleusement, il achève de détruire la coquille de son œuf pour en avaler les morceaux, un à un.

Puis, il ondule lentement vers le rapace pour se lover autour de lui, nouant tendrement ses anneaux entre ses pattes, enfouissant son nez sous son aile.

L'aigle continue de me toiser fièrement, bec légèrement relevé en signe de défi, comme s'il m'invitait à le rejoindre.

Où pourrait-il bien m'emmener ?

Le second œuf remue à son tour.

Il roule sur lui-même dans le nid, ses parois se craquèlent...

Une vague de froid achève de me glacer les sangs ; le hurlement de loup retentit, déchirant le voile entre les perceptions.

Alors, les racines profondes d'Yggdrasil se mettent à trembler... et avec lui, chacune des créatures des Neuf Mondes.

C'est le temps du Mépris.

Le temps du Long Hiver.

Et tandis qu'ils luttent contre l'inéluctable, la longue veille du Crépuscule des Dieux vient de commencer.

* * *

Un rêve.

Une fois de plus.

Mon cœur battait à tout rompre.

Fermant les yeux, je secouai violemment la tête pour chasser les dernières bribes de ce vilain songe et replongeai la tête sous l'eau avec délectation ; je n'avais pas eu droit à beaucoup de bains chauds dans ma vie, aussi avais-je fait en sorte que chacun d'eux compte. Les vapeurs d'eau me faisaient tourner la tête et une incroyable sensation de bien-être envahissait chaque parcelle de mon corps pour délasser mes muscles endoloris.

Les vilaines plaques et autres croûtes formées lorsque le sang noir du Ver avait séché se ramollissaient peu à peu pour enfin se décoller de ma peau. Tant mieux : je n'avais que trop enduré leur puanteur.

Regin avait beau être une sacrée ordure, le moins que l'on puisse dire, c'est qu'il connaissait son métier de forgeron ; il avait relié l'étuve en étain à la forge par le biais d'un ingénieux système de tuyauterie : ainsi chauffée, l'eau restait à température - et le plaisir, éternel.

Quel malheur que l'affreux bossu doive mourir - je lui aurais bien trouvé une quelconque utilité, un de ces jours. D'autant que son art était sans doute comparable à celui de Mîme et qu'il me restait toujours l'épée de mon père à reforger.

Mais il m'avait trahi, et je n'avais qu'une parole.

Je pouvais l'entendre se lever péniblement de sa couche, dans la pièce voisine. Il exhala quelque imprécation de mauvais goût, puis se laissa aller à plusieurs tentatives de déglutissement pathétiques... enfin, son pas pesant et incertain se rapprocha de la pièce où je me délassais.

— *Quel est le sot qui actionne la forge en pleine nuit sans m'en informer... pour user de la baignoire, de surcroît ?* maugréa-t-il à voix basse, outré, avant d'ouvrir grand la porte - que j'avais pris soin de laisser entrebâillée.

— *Allons, allons, c'est une tâche bien ingrate que tu m'as envoyé accomplir, vieux grincheux. Je crois avoir mérité quelque réconfort ; tu me passeras bien ce petit caprice, n'est-ce pas ?*

Regin sursauta en m'apercevant, laissant chuter au sol la bougie qu'il tenait à la main. Il resta ainsi de longues secondes, saisi d'effroi, les flammes mourantes de son cierge projetant de sinistres ombres dansant sur son visage, donnant corps à sa terreur : les traits du bossu semblaient fondre comme de la cire, se remodelant sous l'intensité de ses émotions, exhalant toute l'avidité, la corruption et la lâcheté qu'ils recelaient.

– *Tu es mort,* souffla-t-il.

– *C'est ce que tu te plaisais à croire, petite ordure,* répliquai-je, désinvolte, en me redressant.

Profitant de sa surprise, je posai un pied sur le carrelage froid de la pièce et franchis les quelques mètres qui nous séparaient, le bossu et moi.

– *Qu'est-ce que tu me veux ?*

– *Que chacun de nous honore sa promesse, voyons : cela me semble pourtant évident.*

– *Et si j'appelle la garde ?* bredouilla-t-il encore, collant son dos contre le mur.

– *Il est bien trop tard pour prendre cette décision, Regin. Bien trop tard, en effet, pour appeler à l'aide. Et après le vilain tour que tu m'as joué, ce ne serait pas bienséant.*

Je reculai de quelques pas et lui adressai un sourire malveillant :

– *Mais il me semble que nous avons dépassé le stade de la bienséance depuis des lustres,* ajoutai-je en me déhanchant de manière suggestive : *encore une fois, c'est nu comme un ver que je me présente devant toi.*

D'ailleurs, en parlant de Ver...

– *Je sais ! Je sais !* m'interrompit-il en tombant à genou, la tête entre les mains. *Pardonne-moi, Sigurd ! Je tiendrai parole, je t'équiperai ! Une armure, comme tu n'en as jamais vu ! Une épée prodigieuse ! Je peux t'offrir tout cela ! Mais laisse-moi la vie... Par pitié, laisse-moi la vie ! Je t'ai aidé ! Je t'ai recueilli ! Je t'ai nourri !*

– Et je t'ai payé cette dette au centuple. Tu as bien tiré profit de ma reconnaissance... jusqu'à ce que tu comprennes qu'il n'était pas dans mes intentions de rester. Et tu n'as jamais envisagé de m'équiper...

Alors, tu as cessé de m'accorder ta protection en espérant que l'un de tes apprentis, rongé par la jalousie, fasse le sale boulot à ta place... Mais j'ai survécu.

Alors, tu t'es dit... « Pourquoi ne pas l'envoyer se faire dévorer par le Ver ? ».

– Je... Je ne... Pitié, Sigurd...

– Cesse de pleurnicher, je ne peux pas souffrir tes jérémiades. Montre-moi cette armure, mène-moi à cette épée. Je me pencherai sur ton sort plus tard.

Le maître-forgeron se mit alors en tête de ramper vers moi, pour me baiser les orteils, s'interrompant de temps à autre pour me murmurer un « merci » pathétique, l'œil larmoyant. Je le laissai faire quelques minutes avant de l'envoyer rouler à l'autre bout de la pièce d'un coup de pied.

– *L'armure et l'épée !* tonnai-je, à bout de patience.

– *Oui ! Oui !* couina-t-il en rentrant la tête dans les épaules.

Je le suivis jusque dans ses quartiers, dans la pièce adjacente, où il s'empressa d'ouvrir un lourd coffre en chêne massif, protégé d'un verrou compliqué. Il en sortit bientôt une armure magnifique en argent ; son poitrail était gravé d'un entrelacs d'anneaux évoquant un serpent qui se mordait la queue.

Sa vue m'ébranla davantage que je n'aurais voulu l'admettre.

– *Pourquoi cet ornement, vieil homme ?* murmurai-je, soudainement pris de vertige.

– *Je... Je ne sais pas. Voilà des années que je travaille sur ces pièces d'armure,* marmonna-t-il en détournant le regard. *Quelques jours avant que tu ne te présentes aux portes du village, j'ai fait un rêve... étrange. Un rêve terrifiant.*

À mon réveil, j'ai ressenti le besoin urgent de sculpter cette figure, ajouta-t-il en faisant un vague geste de la main. *Je n'ai plus été capable de forger depuis... C'est comme si une grande fatigue m'avait envahi.*

– *L'épée,* lui rappelai-je après plusieurs minutes de silence, tandis qu'il se perdait dans la contemplation morose de son œuvre.

– *Voici Gram !* annonça-t-il fièrement.

La lame de l'épée étincela de mille feux lorsqu'il la sortit de son fourreau. Sa garde et son pommeau représentaient une tête de loup à l'air féroce. Quelque chose, dans le regard de la bête sculptée, me rappela une nouvelle fois mon rêve, de manière fugace...

Je secouai la tête, m'efforçant de reprendre mes esprits, et éprouvai l'équilibre de l'arme ; il était parfait. Et son poids, étonnamment léger malgré sa taille prodigieuse. Un mince filet de sang coula le long de mon index tandis que passai mon doigt le long de son fil : Gram était une arme mortelle, digne de moi et de la tâche qui m'était dévolue - du moins jusqu'à ce que je sois en mesure de réclamer de plein droit mon héritage : Adelring, l'épée de mon père.

Je fis quelques moulinets avec l'arme pour me familiariser avec son poids tandis que Regin, plus maussade que jamais, s'accoudait à l'enclume imposante qui trônait contre un des murs de la pièce.

– *Alors, satisfait ?* geignait-il, le regard plein d'espoir. *J'ai honoré ma promesse...*

La lame de Gram siffla, fendant l'air à une vitesse fulgurante, et trancha le bossu en deux morceaux sanguinolents - rencontrant l'enclume dans sa course, elle la fendit en deux dans la foulée.

Observant minutieusement la lame, je fus bien incapable de déceler la moindre égratignure sur son fil.

– *Et moi, la mienne,* répondis-je en jetant un œil aux restes de Regin. *C'est une bonne épée.*

Puis j'enfilai l'armure. Etrangement, elle m'allait à la perfection et semblait forgée pour moi.

Je passai une dernière fois un doigt pensif sur les anneaux gravés sur mon poitrail...

...et quittai sans un regard en arrière ce village maudit avant que l'aube ne me surprenne, fatigué de ce pays et de ses gens.

Chapitre 6

L'hiver était sur le déclin, la saison était presque passée.

Habituellement, à cette période de l'année, la neige commençait à fondre et se faisait plus molle, le froid moins vif.

Quant aux vents, ils se faisaient plus cléments ; la bise s'effaçait pour céder la place à une brise plus douce, fraîche, charriant le renouveau du printemps. Un souffle revigorant, porteur de l'élan de renaissance éternelle de la nature.

...alors pourquoi le froid ne faiblissait-il pas ?

Loin de fondre, la glace gelait de plus belle. Les vents soufflaient de tous côtés à la fois, mordant mes os, cinglant mes chairs, éclatant mes lèvres.

Partout où je passais, invariablement, le même souffle de désespoir et de mort, la même neige décourageante, menaçante, recouvrant de manière implacable tout ce qu'elle pouvait, laissant dans son sillage des créatures frigorifiées, grelottant de froid, sans aucune chance d'en réchapper.

Dans tous les villages par lesquels je passais, le discours était le même, les paysans, les villageois, les petits nobliaux...

Chacun d'entre eux avait le même mot à la bouche.

« Fimbulvetr »...

Le regard fuyant, ils le prononçaient à voix basse en conjurant le mauvais sort de leurs mains presque aussitôt.

Le Long Hiver annonçant le Crépuscule des Dieux.

Oui, Fimbulvetr était sur nous. C'était plus que probable désormais.

Ciel et terre se confondaient, se jetant l'un dans l'autre, liés par cette atroce masse neigeuse, maussade, homogène.

Fimbulvetr, qui menaçait d'engloutir Midgard, et tous les autres mondes à sa suite.

Les Dieux en avaient bien profité.

Ils avaient croqué les fruits d'Yggdrasil, bu sa sève, forniqué dans ses branches.

Ils s'étaient drapés dans son feuillage et avaient joui de tout ce que l'Arbre-monde avait eu à leur offrir.

Et maintenant qu'ils en perdaient le contrôle, ils le laissaient pourrir sur pied.

Je ris tout haut à cette idée... et le son inattendu de ma voix délogea une volée d'oiseaux perchés au-dessus de moi, sur les branches d'un frêne mort. Mais tout cela ne changeait rien à mes affaires : j'avais toujours une épée à reforger, un dragon à occire.

Et une valkyrie à posséder.

Que les éléments se déchaînent donc !

Telle était ma destinée, et je savais disposer de tout le temps qu'il me fallait.

Lorsque je pénétrai dans la forêt, le couvert des arbres m'offrit une protection suffisante pour que la bise cesse de siffler à mes oreilles, m'autorisant de nouveau à penser convenablement.

Les éléments travaillaient contre moi, c'était évident. Il me faudrait me reposer, et sans doute manger un peu avant de reprendre la route.

Mîme avait attendu mon retour des années durant.

Il pourrait bien patienter quelques jours de plus.

Je déposai mon paquetage au pied d'un orme massif et entrepris de creuser dans la neige avec mon épée, pour me construire un abri susceptible de me protéger encore davantage du vent violent ; j'avais désespérément besoin de faire du feu et les bourrasques qui balayaient la forêt malgré la protection toute relative des arbres ne le permettraient pas autrement.

J'avais presque achevé mon trou lorsque j'entendis un hennissement dans le lointain.

Je m'interrompis un instant, interdit, croyant dans un premier temps que mes sens me jouaient des tours.

Je n'eus pas longtemps à attendre ; de nouveau, le son clair d'un cheval qui piaffait d'impatience parvint à mes oreilles.

Incrédule, je rengainai mon épée et me dirigeai dans la direction que j'estimai être la bonne : s'il s'agissait d'un cheval sauvage, je pourrais éventuellement le monter, s'il n'était pas trop farouche !

Et s'il devait l'être... Bon sang, je ne cracherais pas sur une belle pièce de viande. Je n'avais pas eu de repas décent depuis des semaines, et les lieues parcourues entamaient ma résolution et mon humeur aussi bien que mes muscles quand je n'étais pas en mesure de me préparer une pitance digne de ce nom.

J'en étais là de mes considérations lorsque mon regard tomba enfin sur la bête.

La robe de l'animal, magnifique, était d'un blanc pur et majestueux - si bien que la neige, pourtant immaculée, semblait fade et grisâtre en comparaison.

Le cheval irradiait d'une étrange aura bleutée et lorsque mes yeux croisèrent les siens, l'intelligence qu'ils recelaient me remua les entrailles, achevant d'ôter de ma tête toute idée d'en faire mon repas, malgré mon estomac qui persistait à se tordre de douleur.

J'avançai prudemment dans sa direction, mais l'animal était aux aguets, effrayé, prêt à partir au galop au moindre geste brusque.

Aussi m'approchai-je le plus délicatement possible, jusqu'à pouvoir presque toucher sa robe soyeuse du bout de mes doigts... à peine l'avaient-ils effleurée qu'il reculait en renâclant de plus belle, yeux écarquillés, naseaux dilatés.

Il soufflait péniblement et frappait ses sabots d'inquiétude contre la piste enneigée, incertain de l'attitude à adopter.

Quant à moi, la faim l'avait définitivement cédé à la passion ; cette monture était digne d'un roi, et il me la fallait.

Oublié le froid, oubliée la faim.

Je m'approchai encore un tout petit peu, le plus précautionneusement possible, pour faire une nouvelle tentative : peine perdue, l'étalon recula encore d'une quinzaine de mètres.

Je refoulai ma frustration du mieux que je pus et le rejoins une nouvelle fois.

Un crissement singulier retint toutefois mon attention lorsque je fis un pas supplémentaire dans sa direction : baissant les yeux, je notai que l'animal s'était aventuré aux abords d'un lac gelé.

Le froid, cependant, était si vivace qu'il me semblait peu probable que la glace ne cède sous mon poids - après tout, ne supportait-elle pas déjà celui de la bête, sans qu'aucune fissure ne vienne en lézarder la surface ?

Haussant les épaules, je décidai de poser à mon tour un pied sur la glace pour en tester prudemment la solidité.

Elle tint bon - et le son produit par ma botte sur la surface du lac me conforta dans l'idée que la couche de gel était suffisamment solide pour me permettre de m'y aventurer en toute sécurité.

J'y étais presque : j'avançai une ultime fois une main pleine d'espoir, maintenant un contact visuel avec la magnifique créature en espérant la rassurer sur mes intentions.

Elle se déroba une fois de plus au dernier moment, partant au galop pour s'enfoncer un peu plus loin, au centre du lac gelé.

Une intense colère m'étreignit le cœur tandis que je lui emboîtai le pas, décidé à ne pas baisser les bras.

J'étais Sigurd et nul canasson - aussi noble soit-il - n'était en mesure de m'imposer sa volonté.

Après tout, mon caprice valait bien le sien.

J'étais presque à son niveau quand l'étalon choisit, pour la première fois, de me faire face.

Perplexe, j'interrompis ma progression, cherchant à plonger mon regard dans le sien pour y lire son intention - s'apprêtait-il à fuir une fois de plus ?

Ce que j'y découvris mua instantanément mon impatience en inquiétude.

L'inquiétude se transformant bien vite en panique ; une lueur mauvaise - presque moqueuse - flottait désormais dans les yeux de la bête tandis qu'elle levait un sabot.

Puis, elle l'abattit de toutes ses forces sur la glace ; l'impact provoqua une multitude de petites fissures sur la surface du lac...

...certaines d'entre elles grandissant à vue d'œil pour consteller le sol sous mes pieds de lézardes inquiétantes, promesse d'une mort aussi affreuse qu'imminente.

– *Qu'es-tu donc ?* soufflai-je, comprenant soudain que j'étais piégé.

Pour toute réponse, l'étalon frappa de nouveau la glace de son sabot et le sol se déroba instantanément sous mes pieds.

Le froid liquide, étreignant chaque parcelle de mon corps en souffrance...

...la douleur, la torture à l'état pur...

...mes poumons, littéralement comprimés de douleur.

Et enfin, la bête massive, informe, aux yeux luisant de malveillance qui gisait au fond du lac, irradiant de contentement, satisfaite du vilain tour qu'elle venait de me jouer.

Elle était semblable à un amas de vase immonde et de terre argileuse - en son centre béait une gueule monstrueuse dont chaque croc faisait ma taille.

Le Nokken se ramassa sur lui-même avant de se propulser à mon niveau, déployant son corps visqueux tout autour de moi dans l'espoir de m'engloutir avant que je ne puisse chercher à m'enfuir.

Mais l'idée de battre en retraite ne m'avait même pas effleuré : je dégainai Gram d'un mouvement vif, à peine ralenti par l'eau qui entravait mes gestes et ankylosait mes muscles - pour faire face à l'abjecte créature.

Je m'étais montré imprudent - idiot, même.

Et j'étais en fâcheuse posture.

Mais même ainsi, je restai diablement dangereux.

Et le Nokken allait le découvrir à ses dépens.

Il étira sa masse au maximum tout en se projetant vers moi, espérant sans doute m'avaler dans sa course. Je ne fis rien pour l'en dissuader, bien au contraire : je plongeai un peu plus vers les profondeurs du lac, dans sa direction, visant sa gueule de mes mains jointes, la pointe de l'épée tendue vers l'avant.

Surpris par ma manœuvre, le Nokken remodela l'un de ses appendices pour lui donner la forme d'un tentacule avant d'essayer de me lacérer le torse. Loin de briser mon élan, le coup rebondit sur l'armure de Regin, tout en forçant mon corps à adopter un mouvement de vrille qui décupla ma vitesse de manière inespérée.

Les dents monstrueuses de la bête claquèrent derrière moi, ne rencontrant que le vide, tandis que je pénétrai dans sa gueule. L'obscurité m'enveloppait, et j'avais bien conscience que le temps m'était compté : mes poumons commençaient à me brûler, la douleur était atroce.

Je m'efforçais de prendre appui sur la langue visqueuse de la créature, et plantai ma lame dans la chair, au jugé.

Un liquide poisseux se déversa de la plaie, flottant tout autour de moi en particules répugnantes... Mais les hurlements stridents, ainsi que les vibrations de terreur, de colère et de douleur émanant à présent du Nokken m'insufflèrent le regain d'énergie dont j'avais besoin : je tournai la lame dans tous les sens, fouaillant les chairs du monstre, découpant et tranchant à tout va. Derrière et tout autour de moi, les crocs claquaient dans le vide de manière paniquée et désordonnée, cherchant à me découper et à mastiquer les bouts de mon corps qui dépasseraient malencontreusement.

De plus en plus de sang se déversait des plaies que je lui avais infligées. Malgré les mouvements désordonnés de la créature qui luttait pour me déséquilibrer, je m'efforçais de conserver mes appuis et de ne pas trop bouger pour ne pas me faire empaler sur les dents du monstre, tandis que je lui assénais en rythme des coups terribles.

Chacun de mes gestes était calculé pour lui infliger une douleur atroce.

Quant à moi, il me semblait que ma poitrine allait exploser ; j'avais le tournis et ma vision était entrecoupée de petits éclairs lumineux. J'avais très peur de perdre connaissance et de finir ainsi, noyé, perdu pour toujours dans le cadavre d'un monstre lacustre, sans que personne, jamais, ne sache comment avait prématurément fini Sigurd...

...et enfin, les derniers soubresauts de l'agonie.

Le monstre ne bougeait plus. Je tailladai dans la chair pour me découper au plus vite une issue hors de la bête et nageai avec l'énergie du désespoir vers la surface.

À peine ma tête fut-elle hors de l'eau que j'avalai goulûment de longues bouffées d'air, accroché au rivage comme un nourrisson au sein de sa mère.

J'étais bien en peine d'imaginer combien de temps j'étais resté au fond du lac sans respirer - de longues minutes, très probablement, à lutter de toutes mes forces pour éviter de me faire gober comme un vulgaire poisson d'eau douce.

J'essayai tant bien que mal de me hisser complètement sur la berge, mais mes forces me quittaient peu à peu ; j'avais tout donné pendant le combat contre le Nokken.

– *Et sur son cairn,* chantonnait gaiement une voix rocailleuse dont je ne pouvais voir la provenance, *sera gravé « Pour s'extirper du ventre du monstre, il lutta comme un possédé... pour mieux abandonner sur la berge ! Que dire de la taille de sa...*

– *Par les pis d'Audhumla !* pestai-je. *Que n'ai-je un instant de répit ! Qui que tu sois, fais ton choix : viens m'aider, ou je jure de te dérouiller.*

– *...et on retrouva ses os gelés. Car son sauveur, il avait menacé de désosser,* continuait la voix, imperturbable.

La colère bouillonnant dans mes veines m'insuffla un regain d'énergie ; je me hissai d'un coup sur la rive glacée, cherchant du regard l'animal qui osait se moquer ainsi de moi.

Quelle ne fut pas ma surprise en ne reconnaissant pas les lieux ! Le lac n'était tout simplement pas celui dans lequel le Nokken m'avait plongé ; les deux points d'eau devaient communiquer, bien sûr... par un réseau de grottes sous-lacustres, probablement. Quant au monstre, après m'avoir gobé, il avait dû chercher à m'attirer dans son antre pour me digérer bien à l'aise...

Une bourrasque souffla tout soudain et un frisson glacé me secoua violemment l'échine. Si je ne trouvais pas un refuge très vite, j'allais effectivement mourir de froid dans les minutes qui suivraient.

– *Sors de ta cachette, et mène-moi auprès d'un feu,* soufflai-je, m'efforçant de ne pas claquer des dents. *J'ai faim, j'ai froid, et j'ai eu mon content de batailles et de trahisons pour aujourd'hui.*

– *Soit ! De la viande au coin du feu, contre un bon récit ! C'est un marché que je ne refuse jamais ! Quoiqu'en général, je suis celui qui les raconte...*

Un homme de haute stature dans la force de l'âge, couvert de peaux de bêtes, sortit de derrière les fourrés. Une vilaine cicatrice lui barrait la bouche de la pommette au menton et son crâne, soigneusement tatoué, était rasé à l'exception d'une crinière de cheveux roux tressés qui courait jusqu'au bas de sa nuque.

Deux haches magnifiquement ouvragées ornaient son dos, sanglées en croix.

– *Bragi, fils de Bodda, pour te servir, mon bon seigneur.*

– *Sigurd...* grelottai-je.

– *Par ici,* m'enjoignit l'homme en me désignant de la tête une vieille mansarde en ruines, un peu plus haut, au sommet d'une butte.

– *C'est chez toi ?* articulai-je péniblement, le froid prenant le dessus.

– *Non, mais c'est là que je vais. Une longue route m'y a mené... J'y ferai du feu,* me promit-il en souriant. *Par les tétons de Frigg! Comment as-tu pu nager avec le poids de cette armure sur le dos?*

s'exclama-t-il encore. *Non, ne réponds pas, ne réponds pas, garde tes forces.*

On y est presque.

Le temps semble passer comme au ralenti, quand on est transi de froid, trempé jusqu'aux os comme je l'étais. Pourtant, je tentais de faire bonne figure, serrant les dents pour ne pas qu'elles claquent, contractant les mâchoires et lançant des coups d'œil furieux à Bragi dès que nos regards se croisaient.

– *J'ai compris, gamin, j'ai compris*, répéta l'homme en riant de bon cœur : *tu es furieux. Allons, espérons que manger te ramènera à de meilleures dispositions.*

Je n'étais pas certain d'apprécier le ton qu'il employait, mais la perspective d'un bon repas chaud améliora quelque peu mon humeur.

Devant la porte se trouvait un amas de sacs de vivres, ainsi qu'un nécessaire de campement.

Devant mon regard interrogateur, il haussa les épaules :

– *Je n'ai pas eu le temps de m'installer... Je suis venu voir de quoi il s'agissait dès que j'ai vu la surface gelée du lac se briser, et l'eau s'agiter de remous. Je ne sais pas ce que tu as affronté là, fiston, mais ça l'air d'être une sacrée bestiole. J'ai aperçu une masse énorme au fond du lac et...*

Il s'interrompit en voyant le regard noir que je lui lançai et entreprit d'ouvrir la porte de la mansarde. La poignée ne tournant pas, Bragi haussa les épaules de nouveau et flanqua un coup de pied dans le bois pourri ; la porte sauta de ses gonds et tomba avec fracas à l'intérieur.

Une multitude de squelettes, tordus dans des positions étranges, jonchaient le sol poussiéreux de la maisonnée. Les os étaient propres et bien nettoyés, ce qui signifiait que, quelle que soit la nature du drame qu'avaient vécu ces gens, le danger appartenait sans doute au passé.

– *Bon.* Bragi souleva les lourds sacs d'une seule main d'un air distrait et avança sans crainte dans la bâtisse. *On va commencer par faire du feu. J'aurais préféré en faire dans une pièce où il n'y pas d'ossements... Je ne suis pas contre un peu de compagnie, mais je la préfère un peu plus vivace.*

Il partit d'un grand rire en m'adressant un clin d'œil, indifférent à l'air maussade que je persistais à arborer.

J'étais fatigué, j'avais mal aux pieds et j'avais toujours aussi froid - sans parler de la faim qui me tordait l'estomac.

Il enjamba un squelette et se dirigea vers la cheminée qui trônait au beau milieu de la pièce principale. Accroupi devant le foyer, il s'efforçait de faire prendre les étincelles et de nourrir les flammes. La concentration déformait ses traits, forçant sa cicatrice à adopter une expression cocasse.

Le feu avait pris, la chaleur de l'âtre commençait à envahir la pièce...

Sans plus hésiter, je me déshabillai entièrement, suspendant vêtements et pièces d'armure au mobilier autour de moi sans m'embarrasser de la présence de Bragi.

Quant à mon épée, je décidai de la garder à portée de main : l'étranger ne semblait pas menaçant, et ses intentions paraissaient honnêtes et étonnement désintéressées... mais je n'avais pas survécu tout seul si longtemps en m'abstenant de faire preuve de prudence. Aussi enfilai-je la sangle du fourreau de Gram par-dessus mon épaule, arborant l'épée en bandoulière à même la peau.

— *Nu comme au premier jour, mais toujours armé ! Une main sur sa verge, l'autre sur l'épée !* Bragi partit d'un autre rire gras et caverneux, sans cesser de tisonner les braises. *T'es pas bavard, petit gars... C'est pas grave, va ! Je peux parler pour deux.*

— *J'ai remarqué. Est-il seulement possible de t'en empêcher ?*

— *Certains ont essayé. Souvenir d'un public impatient,* grogna-t-il d'un air amusé, en passant un doigt distrait le long de sa cicatrice. *Parfois, les gens me payent pour que je chante, parfois... ils veulent me forcer à la boucler. Haha !*

— *Ils te payent ?*

— *Tu n'as toujours pas compris, hein ? Je suis un scalde,* lâcha-t-il comme si ce simple mot expliquait tout. *Un poète guerrier, un joyeux compagnon, un chanteur de gloire, un maître des insultes ! Par les boules de Tyr, garçon, d'où sors-tu ?*

— *Tu me dois un repas avant d'entendre mon histoire, mmh ?*

— *J'espère que ça compensera la piètre compagnie,* maugréa Bragi à voix basse en sortant la nourriture de son paquetage.

Je le regardai avec envie disposer soigneusement la viande au-dessus des flammes. Une délicieuse odeur de daim grillé ne tarda pas à me chatouiller les narines. Je me calai un peu plus confortablement dans mon siège et renversai la tête en arrière, les yeux fermés. J'étais affamé, certes... Mais j'étais surtout épuisé.

Affronter le Nokken avait été terriblement éprouvant, mais nager dans ces eaux glacées avait drainé mes dernières forces.

Mon corps meurtri baignait dans une chaleur bienfaisante, et une douce odeur de viande braisée m'enveloppait - quant au scalde... Inexplicablement, sa présence me semblait étrangement familière et rassurante.

Je me sentais en sécurité.

Des rires et des chants emplissent ma maisonnée.

La vaisselle est somptueuse, les plats tous plus appétissants les uns que les autres.

Tous parleront de cette réception durant des années !

Un délicieux fumet de rôti flotte dans les airs, et lorsque les servantes apportent le sanglier, les invités poussent des vivats d'enthousiasme. L'abondance règne, la quiétude m'emplit le cœur.

Les mauvais jours sont derrière nous.

La foule en liesse se masse dans le grand hall, la fête bat son plein.

Tous festoient.

Tous, sauf un. Un homme de petite taille, vêtu avec goût mais sans vanité, aux cheveux longs et à la mine taciturne. Muni d'un violon en bois noir et d'un archet en os, il jette de sombres regards aux autres invités - et je surprends sa moue empreinte de dégoût lorsque l'un d'eux se jette avec appétit sur une pièce de viande pour la dévorer en grognant comme un animal sauvage.

Bien calé dans mon fauteuil, j'observe avec fascination l'homme occupé à détailler minutieusement chacun des convives présents dans la pièce, à tour de rôle, tout en prenant bien soin de m'ignorer... comme si je n'étais pas là.

Moi, le maître de céans.

Dans mon cœur, la vexation le dispute à l'amusement.

– Toi ! hélé-je tout à coup - et le silence se fait immédiatement tandis que je prends la parole. Cela manque de musique. Joue-nous donc un air joyeux et entraînant sur ton violon ! Et tâche d'y mettre de l'entrain!

– Je promets à sa seigneurie d'y mettre toute mon âme, répond l'homme, calant son violon entre sa joue et son épaule avec un sourire sinistre. Dansons ! Dansons, messeigneurs ! Puisse la musique trouver le chemin de vos cœurs, puisse l'esprit de la fête y résider et ne jamais l'abandonner !

Les convives éclatent de rire et lèvent leur verre à l'inconnu tandis qu'il s'apprête à jouer pour nous.

La musique est magnifique quoique triste, voire mélancolique.

La mélodie...

...lente et doucereuse.

Tous les regards se portent sur l'artiste...

... et plus personne ne bouge.

C'est à peine si je parviens à respirer ; mon souffle est pénible, ma poitrine se soulève indépendamment de ma volonté. Je ne parviens plus à détacher mon regard de l'archet en os qui danse sur les cordes du violon d'ébène.

Tandis que le rythme des notes s'accélère, ma respiration s'emballe.

Les phrasés s'enchaînent à une vitesse de plus en plus effrénée, exhortant mon cœur, éprouvé, à la marche forcée.

Le musicien relève les yeux pour les plonger dans les miens, et la noirceur qu'ils recèlent me terrifie tout soudain ; il pousse une longue et dernière note, faisant crisser l'archet en os sur les cordes de son instrument...

...et tous les convives qui étaient assis se trouvent debout.

À ma grande stupeur, je constate que je me suis levé.

L'homme joue alors quelque chose de plus en plus enjoué, et la gaieté illusoire qui se dégage de sa musique sonne comme la plus atroce des farces à mes oreilles. C'est magnifique, et à la fois tragique, cruel, atroce.

Mes pieds se meuvent tout seuls, en cadence : j'ai perdu le contrôle de mon corps ; un regard alentour m'apprend, aux mines déconfites et horrifiées, que mes compagnons partagent le même sort.

Le musicien ricane doucement, d'un long rire effroyable et pourtant mélodieux, qui s'accorde à la perfection avec le morceau qu'il joue pour nous.

L'homme qui s'empiffrait de viande quelques instants auparavant est le premier à tomber ; son visage est contracté, ses yeux exorbités, son teint violacé.

Son cœur s'est arrêté.

La musique y est entrée et l'a possédé pour le consumer tout entier.

Mes pieds saignent et me font atrocement souffrir, ma poitrine semble prête à exploser ; je ne tiendrai pas ce rythme longtemps. Comment m'en sortir ?

Serai-je le suivant ?

Je nous sais condamnés, et pourtant tout ce dont je suis capable, c'est de danser, danser, danser...

...danser jusqu'à en crever.

Je me réveillai en sursaut, trempé de sueur... Le feu brûlait dans l'âtre, la viande encore fumante était posée sur la table devant moi.

La respiration saccadée, je parcourus des yeux la pièce à la recherche du scalde...

...juste à temps pour voir Bragi refermer les doigts sur le manche d'un violon d'ébène qui gisait dans un coin de la pièce, sur un tas d'ossement.

– *Ne fais pas ça !* hurlai-je, saisi d'effroi.

– *Ne fais pas quoi ?* répliqua-t-il, perplexe, le regard fixé sur l'instrument.

Puis, il posa les yeux sur moi... et j'y reconnus la lueur sombre et inquiétante qui flottait dans ceux du musicien de mon rêve.

– *Ne joue pas de ce violon, Bragi...* dis-je dans un souffle...

...Mais le scalde portait déjà l'instrument à sa tête pour le caler contre sa joue, le regard éteint.

Je me levai d'un bond pour me précipiter sur lui et le lui arracher, mais une note me vrilla les nerfs du dos pour me figer dans mon élan. Puis, m'accordant un sourire narquois, Bragi fit courir l'archet d'os le long des cordes du violon pour entamer une lente balade, accompagnant la musique pour fredonner de sa voix caverneuse.

Aussitôt, mes pieds commencèrent de se mouvoir de leur propre volonté. Je tournai sur moi-même, lentement, en rythme.

Je n'étais plus que le jouet de cet instrument maudit.

Bragi ne semblait pas conscient de ce qu'il faisait ; son regard était toujours aussi sombre, lui aussi semblait possédé. Je tâchai de me rapprocher un maximum de lui tout en virevoltant au gré de la mélodie...

...mes jambes me faisaient mal, mon cœur battait à tout rompre.

La cadence s'accélérait.

Du coin de l'œil, je pouvais voir les doigts de Bragi saigner - il n'avait pas même l'air d'en être conscient, tout absorbé qu'il était.

Je me rapprochai encore un peu, étendant ma volonté de toutes les forces qu'il me restait, pour les écraser contre le sortilège qui cherchait à me briser...

...encore un peu, juste un peu, prenant la mesure de la musique, cherchant à me familiariser avec la mélodie et à anticiper les notes qui s'égrenaient.

Peu à peu, je laissai la musique pénétrer mon cœur, dicter mes pas, faisant le vide dans mon esprit. La malédiction me provoquait... aussi décidai-je de l'inviter à se mesurer à ma destinée.

La chanson suscitait une tristesse et une mélodie qui sapaient mes forces et affaiblissait ma détermination... aussi me fallait-il me raccrocher à mes souvenirs.

J'étais Sigurd.

Fils de Sigmund.

Fils de Sieglinde.

Ma colère et mon amertume affluaient en autant de vagues qui se fracassaient contre la magie qui menaçait de me détruire, leur ressac couvrant dans mon esprit chaque fois davantage de notes. Peu à peu, la musique devenait incohérente, les sons insignifiants.

Cette cacophonie n'avait aucun sens.

Fafnir. Brunehilde.

Rouvrant les yeux, je dégainai la lame qui pendait toujours dans mon dos et, virevoltant sur moi-même sans briser le rythme de la mélodie, je fendis le violon en deux.

Bragi restait figé les yeux dans le vague, sourcils froncés, souffle court, une expression de douleur mêlée de surprise plaquée sur son visage ; la pointe de ma lame avait laissé un sillon profond sur sa joue, et un épais filet de sang coulait le long de son menton, pour goutter au sol à ses pieds.

– *Je crois que j'aurais bien besoin de boire un coup, gamin.*

Bragi alla s'affaler sur un siège près du feu et ne dit plus un mot, les yeux dans le vague.

Quant à moi, j'allai reprendre ma place devant la table : la viande était encore chaude et si la musique avait cédé et volé en éclats face à ma volonté, c'était désormais mon estomac qui commandait.

Tout le temps qu'avait duré mon repas, Bragi n'avait rien dit. Il s'était contenté de me fixer d'un regard perçant, caressant d'un air distrait la cicatrice qui lui balafrait la lèvre et le menton, visiblement indifférent au sort de celle que je venais de lui dessiner sur la joue et qui saignait encore – quoique de moins en moins.

Le ventre plein, je poussai un grognement de satisfaction et me renversai de nouveau sur mon siège, calant mes pieds sur la table en face de moi.

– *Tu n'es pas un simple voyageur égaré… Qui es-tu ?* se décida-t-il enfin à me demander.

– *Je suis Sigurd. Fils de…*

– *Fils de Sigmund, fils de Völsung, fils de Rerir, fils de Sigi… lui-même fils d'Odin,* récita-t-il sans hésiter. *Quelle aubaine pour moi de te rencontrer. Peut-être était-ce censé être ainsi ?*

– *Tu… connais ma lignée ? Comment ?…*

Bragi se leva d'un mouvement brusque et commença à faire les cent pas.

– *Je te l'ai dit, mais tu n'écoutais pas,* s'emporta-t-il, en proie à l'excitation *: je suis un scalde. Tu ne comprends toujours pas ce que cela signifie ? Je suis le garant de cette culture de tradition orale. Sans les gens comme moi, le souvenir d'illustres dynasties disparaîtrait, les faits d'armes mourraient avec les héros qui les accomplissent, l'Histoire se diluerait dans le temps pour enfin se noyer dans l'oubli.*

Je suis la continuité. Je suis l'identité. Sans mes semblables, la nation de Midgard ne serait rien d'autre qu'un ramassis de sauvages à peine plus évolués que des singes qui s'agitent devant leur premier feu.

Je me levai à mon tour pour vérifier l'état de mes vêtements : satisfait de voir qu'ils étaient secs, j'entrepris de me rhabiller.

– Je suis venu ici pour trouver de la matière pour une ou deux bonnes histoires, reprit-il. *Spøkelseshus... Tu sais de quoi il s'agit ?*

– Un lieu hanté ? Maudit ?

– Précisément. Cette maison est célèbre à des lieues à la ronde... Ceux qui s'y aventurent n'en reviennent jamais. Les gens du coin ont appris à l'éviter...

De la pointe de sa botte, il poussa légèrement un squelette qui gisait à ses pieds, comme pour ponctuer ses dires.

– Si je n'avais pas été là, « l'identité » et « la continuité » auraient trouvé une fin des plus cocasses, me moquai-je.

– Sans aucun doute... Mais le feu d'Odin lui-même coule dans tes veines, te conférant le pouvoir de t'opposer à ce genre de malédiction.

– Si tu connais ma lignée, tu sais aussi qui était ma mère, me rembrunis-je.

– Je sais que ta mère était la sœur jumelle de ton père, acquiesça-t-il. *Et après ? Serait-ce de l'amertume que j'entends poindre dans ta voix ?*

Laisse-moi te dire ceci, Sigurd : si ta lignée t'engendre, ce sont tes exploits qui te définissent. Ne laisse pas le passé lester ton avenir. Forge-toi ta propre identité. Donne corps à ta légende en la créant toi-même.

Ses mots faisaient mouche. De nouveau vêtu – et paré de ma dignité, je me rassis sur mon siège pour mieux le dévisager : Bragi semblait sincère.

– Raconte-moi ton histoire... Je la transmettrai.

Tu es promis à une formidable destinée, insista-t-il en voyant mon air perplexe. *Laisse-moi lui donner l'éclairage qu'elle mérite.*

Je poussai un long soupir et commençai :

– Je ne connais pas mes parents. Je ne les ai jamais connus... Pour tout avouer, je n'ai appris leur lien de parenté que tout récemment.

C'est un nain du nom de Mîme qui m'a recueilli. Il m'a enseigné l'art des Runes et de la forge. Le maniement de l'épée. J'ai grandi parmi la meute, chassant avec les loups, sans jamais voir d'homme...

Jusqu'à il y a quelques années seulement.

– Bien, bien ! C'est un sacré début... même si tu ne sais pas raconter, me coupa Bragi en riant. *Dis-moi, Sigurd, sais-tu comment sont morts tes parents ?*

– Non.

– Eh bien, on raconte que ton père est tombé sur le champ de bataille, guerroyant aux côtés du roi Aldrian face aux Hundingar. Une grande perte pour ces terres, si tu veux mon avis... tout est allé de mal en pis depuis sa mort.

– C'est ce que l'on raconte ? Ou ce qui est ?

– Comment savoir ce qui est ? Ce qui a été est aussi flou que ce qui sera, si tu veux mon avis. Il y a tout autant de vérités qu'il y a d'êtres pour observer une même réalité...

C'est-à-dire qu'il n'y en a aucune, tout autant qu'il y en a une infinité.

Je fronçai les sourcils mais m'abstint de tout commentaire.

Bragi s'immobilisa et prit une longue inspiration, plantant ses yeux dans les miens :

– Siggeirr, le foudre de guerre, courtisait Sieglinde, la sœur de ton père. Sigmund et ses frères étaient farouchement opposés à cette union qu'ils considéraient comme une mésalliance.

Alors, fou de rage, Siggeirr usa d'un stratagème de couard : il assassina tes oncles dans une embuscade et captura ton père.

Puis, il épousa Sieglinde – laquelle ne se remit jamais tout à fait de l'affront fait à ta famille. Je la soupçonne d'avoir commencé à perdre la raison, peu à peu, à partir de ce jour.

Il faut dire que sa haine pour Siggeirr enflait chaque jour davantage... et son désir de vengeance la rongeait tant et si bien que son mari lui-même n'osait l'approcher. Pourtant, il désirait ardemment une descendance.

Mais Sieglinde se refusait à lui. Si elle devait porter un héritier, ce serait un Völsung, et non pas le fils d'un barbare dont les mains étaient couvertes du sang des siens.

Elle rendait régulièrement visite à ton père dans son cachot ; Siggeirr tolérait que Sigmund garde sa tête par amour pour ta mère. Il espérait qu'en lui concédant ce caprice, elle s'adoucirait.

Il s'interrompit quelques instants, frottant la cicatrice sur ses lèvres du bout de l'index.

– Il n'a donc pas tué Sigmund quand il le pouvait ? Je ne comprends pas... Si ma mère le haïssait tellement, que lui importaient ses caprices ?

– Puissante peut être la colère d'un Völsung, et Siggeirr était un homme superstitieux. Sigmund et Sieglinde étaient jumeaux et il se

murmurait que leur âme était liée, qu'elle avait été scindée en deux à la naissance.

Aussi ne pouvait-il se résoudre à ôter la vie de ton père : il craignait de perdre ta mère dans la foulée.

Pourtant, nul n'ignorait qu'ils nourrissaient un amour dévorant l'un pour l'autre. Une passion interdite.

Je craignais de l'interrompre pour lui demander si l'histoire qu'il me contait était véritablement la mienne, ou s'il l'inventait au fur et à mesure pour me contenter.

Puis, je me remémorais ses paroles : qu'importe le passé, seul comptait que je donne un sens à mon identité, pour pouvoir me forger l'avenir auquel j'aspirais.

– *Alors Sieglinde se rendit auprès d'une sorcière. Elle obtint d'elle de pouvoir changer d'apparence et, sous les traits d'une belle inconnue, rendit visite à Sigmund dans son cachot pour s'offrir à lui.*

De cette union contre-nature naquit un fils.

L'union de leurs deux âmes morcelées aura accouché d'un être d'une pureté sans pareille : l'incarnation même de la liberté.

Un motif excentrique sur la tapisserie de la destinée.

Sigmund lui-même resta longtemps dans l'ignorance de ce sacrilège... accompli sous le regard courroucé de Frigg, Mère de la fécondité.

– *Les Ases en ont conçu du ressentiment ?* demandai-je, un voile de rancœur obscurcissant mon cœur.

– *Nul n'enfreint les lois des Dieux sans en payer le prix,* me répondit sombrement Bragi.

– *Je ne le sais que trop bien.*

Le souvenir du corbeau qui m'avait poussé au bord de la folie était encore vivace dans mon esprit comme dans ma chair.

– *Sieglinde libéra Sigmund des geôles de Siggeirr,* reprit le scalde, *puis le conduisit dans la salle du trône. C'est là que d'un coup d'épée rageur, Sigmund mit un terme au règne de l'usurpateur.*

– Alors... Comment mon père est-il mort ?

– On raconte que des jours et des nuits durant, Sigmund et Sieglinde ont chevauché à bride abattue pour fuir la vengeance des gens de Siggeirr...

...en vain. Il leur était impossible de semer leurs poursuivants.

Alors Sigmund mit pied à terre

– Si près du but, pour finalement se résoudre à abandonner ? hoquetai-je, incrédule.

– Pour faire face à son destin. Vois-tu, ton père était un brave. Il avait dans l'idée de les affronter l'arme au poing et ainsi permettre à Sieglinde d'aller en paix.

Ta mère eut beau l'implorer, le supplier de ne pas la quitter, rien n'y fit... En désespoir de cause, elle lui révéla son terrible secret.

L'enfant qu'elle portait, la vie qu'elle couvait... était de lui.

Alors, Sigmund comprit.

Il comprit que l'opprobre était sur eux.

Il comprit que la chute était inéluctable, et que les Dieux eux-mêmes l'avaient abandonné.

Il maudit les Ases qui avaient juré la perte de sa maison, lui qui avait toujours vécu dans le culte des Ases et rendu hommage au Père-de-Tout.

Il maudit les cieux qui le surplombaient, il maudit les mers qui le cernaient.

Et tandis que, le cœur gonflé de rancoeur, il défiait le monde entier, un cavalier seul émergea du sentier. Nul ne connaissait son nom et il ne daigna pas le donner.

Sans hésiter, Sigmund le chargea de son épée.

La lame avait été forgée par Odin lui-même et avait la faveur des Dieux... mais ce qui est offert peut être aussi vite repris : l'arme le trahit et au premier impact se brisa.

Alors, Sigmund ne s'avoua pas vaincu. Hurlant sa rage et son amertume, il se changea en loup et sauta à la gorge de l'étranger.

Brève fut son agonie. Un unique coup de lance mit fin à sa vie.

– *Quel était le nom de cet homme ?* le coupai-je, du feu coulant dans mes veines.

– *Nul ne le sait.*

Quant à Sieglinde... Elle s'abandonna à la merci du guerrier, indifférente à son sort, prostrée à genoux devant la dépouille de son aimé métamorphosé. À l'instant où le coup fatal effleura son cou dénudé, on raconte qu'une valkyrie, prise de pitié, lui sauva la vie.

Las, Sieglinde ne vécut que le temps de mettre au monde son enfant... avant de mourir de chagrin.

Ainsi prit fin la Maison des Völsung, mais non leur lignée.

Etrangement, le tragique de son histoire, de mon histoire, me remua les entrailles, malgré son invraisemblance.

Mais l'éclairage qu'il proposait sur l'origine de ma naissance atténuait quelque peu le goût amer que m'avait laissé ma conversation avec Hognir.

– Cette histoire est-elle vraie, Bragi ?

Il haussa les épaules :

– Le sont-elles jamais ?

La question est : que vas-tu faire de ce passé, Sigurd, fils de Sigmund, fils de Sieglinde ? Et où veux-tu emmener ton avenir ?

Que souhaites-tu par-dessus tout ?

– Brunehilde, soufflai-je.

Bragi sursauta et partit d'un rire tonitruant.

– La valkyrie ? Haha ! Tu as bon goût, fiston. Oui, je connais la légende, répartit-il devant mon air incrédule. *Elle est protégée d'un cercle de flammes, cela dit...*

– Je sais. J'y suis allé, je l'ai vu.

– Eh bien ! Si tu arrives jamais à le franchir, pense à moi. J'adorerais entendre ton histoire. Et la raconter, ajouta-t-il avec un clin d'œil. *Je peux te rendre immortel, mon garçon ! Alors, où tes pas te mèneront-ils quand viendra l'heure de reprendre la route ?*

– Dans un premier temps, il me faut rallier les terres du nord. La toundra et le désert de glace. C'est là que je vais. Je dois y retrouver... Un vieil ami.

– Mîme ?

– Lui-même. Il est temps pour moi de reforger l'épée de mon père pour aller affronter le dragon Fafnir.

– Tu projettes vraiment de poser le pied dans le Royaume des Brumes ?

Cette fois, Bragi ne riait plus. Il avait adopté un air terriblement soucieux.

– Garçon, c'est une terre stérile, gelée, maudite ! Les créatures malfaisantes qui y vivaient l'ont désertée ou y ont péri ! Tu n'es pas sérieux ?

– Tu ne comprends pas, Bragi... Je n'ai pas le choix : je dois tuer le Dragon et me libérer du serment fait aux Dieux. Il le faut. Il en va de l'honneur de mon nom.

– Tu te trompes, Sigurd. Tu as bel et bien fait un choix : celui de perpétuer le destin tragique de ta lignée.

– Eh bien, de quoi te plains-tu ? ricanai-je. *Voilà de nouveaux chapitres à ajouter à la saga des Völsung ! Les gens comme moi font les beaux jours des idiots dans ton genre.*

– Tu as raison, je devrais te remercier... Je viens de réaliser que tu es bel et bien un héros, Sigurd.

– Ah, tiens ?

– Oui : tu as l'exacte dose de folie nécessaire en toi. Crois-moi, tu es déjà un grand héros.

Allons, je t'ai narré l'histoire de ta naissance. À ton tour de me raconter l'histoire de ta vie... Après tout, la nuit n'est pas terminée.

Je me renversai en arrière pour mieux me caler sur mon siège, et tâchai de faire le vide dans mon esprit.

Par où commencer ?

Bien sûr que je me devais de lui parler de Mîme, de mon enfance empreinte de solitude dans les terres glacées. Quant à mon loup, comment ne pas l'évoquer ?

Alors je lui parlai de longues heures durant.

De l'euphorie de la chasse et du goût acre et sirupeux du sang de la proie sur ma langue...

...et de la mort de Bleis.

De ma rencontre avec un Ase que je soupçonnais être Odin lui-même.

Je lui rapportai la fin de Kuperan, car j'estimai que la chute du Géant devait être célébrée, ainsi que ma lutte acharnée contre le Ver auquel Regin m'avait livré sans vergogne.

Bragi s'émerveilla en entendant le récit de la mort du Ver, qui était épique – et il s'esclaffa en apprenant celle du maître-forgeron, digne d'une charogne.

Je lui parlai de mon amitié naissante avec Gundahar et Hognir, et Bragi leva un verre à leur santé.

Mais la frustration croissait dans mon esprit à mesure que la nuit passait. Une fatigue mêlée d'un étrange sentiment d'absurde m'envahit bientôt pour se nicher au creux de mon sein.

Rien de tout ce que je racontais n'était porteur de sens.

Rien de tout cela n'avait d'importance.

Et tandis que mes souvenirs se pressaient, pêle-mêle, au bord de mes lèvres, que les sons roulaient sous ma langue pour former des mots et tâcher d'exprimer pauvrement les émotions qui menaçaient constamment de me submerger...

...les paroles du scalde résonnèrent encore à mes oreilles : qu'importe le passé, car sa seule raison d'être est de permettre au futur d'exister.

Et j'avais décidé que tous mes choix, dorénavant, poursuivraient l'accomplissement d'un seul et même objectif.

Alors vint le temps de parler de Brunehilde.

Bragi m'écouta parler des heures durant de la beauté de ses traits...

...de la pureté de ses courbes...

...du magnétisme de sa silhouette...

...de l'irrésistible attrait qu'elle exerçait sur moi, sur quiconque enfin posait les yeux sur elle.

Qu'importent les épreuves, le feu des Ases ou les flammes de Hel, la convoitise des mortels ou la colère des Dieux.

Qu'importe que les Neuf Mondes se consument, qu'importe le Ragnarök qui à chaque instant se rapprochait.

Car Brunehilde m'était destinée.

Car cette quête, et elle seule, était digne que je verse mon sang.

Car Fafnir n'était qu'un contretemps.

Epilogue

Mon récit avait fait forte impression sur le scalde.

Quand j'eus fini, il était resté toute la nuit éveillé, les yeux perdus dans le feu de l'âtre qui finissait de se consumer. Quant à moi, j'avais été trouver le sommeil ; j'avais terriblement besoin de repos.

Une longue route s'ouvrait encore devant moi, et elle était semée d'embûches - certaines que je connaissais, d'autres... que je ne pouvais même pas imaginer.

Aussi avais-je quitté Bragi à l'aube, non sans lui avoir promis de le retrouver à la cour du Roi Aldrian, tout lui rapporter de mes exploits une fois ma quête achevée.

À mesure que je progressais vers le nord et les terres gelées, l'hiver se faisait de plus en plus mordant. Même pour moi, qui avais grandi sur ces terres, qui avais couru nu dans la neige aux côtés des loups, le froid était presque insupportable, et chacune de mes respirations provoquait une douleur vivace dans ma poitrine, comme autant de minuscules aiguilles pénétrant dans mes poumons ; l'air lui-même semblait gelé, et cassant.

Bientôt, la steppe parut familière. Les arbres étaient morts et le paysage désolé, mais je reconnus quand même le vieux territoire de chasse de mon enfance.

J'eus une pensée pour l'enfant que j'étais et qui considérait, au printemps de sa vie, que sur ces terres régnait déjà l'Hiver éternel.

Mais à présent que le Long Hiver était sur nous, ces mots prenaient un tout autre sens : pas un oiseau dans les rameaux des arbres en surplomb, ni la moindre trace de gibier dans la neige. Même la meute semblait avoir migré.

Implacable, Fimbulvetr avait ravagé ces terres à l'agonie. La forêt baignait dans une atmosphère de mort...

...seule, en son centre, se tenait la chaumière de Mîme.

Un mince filet de fumée s'échappait de la cheminée ; au moins le Nibelung était-il encore en vie. Mon cœur se serra imperceptiblement dans ma poitrine, à la vue de cette bâtisse dans laquelle j'avais passé mon enfance - mais je chassai bien vite ce sentiment ; qu'était-ce donc que je pouvais regretter entre ces murs ? La seule créature à avoir jamais pris soin de moi était morte dans le froid, la gueule ouverte. Et j'avais dévoré son cœur moi-même, en plongeant mon regard courroucé dans celui de son meurtrier.

Au moment où je m'apprêtais à passer le pas de la porte, un coassement affreux me fit sursauter.

Un corbeau était perché sur le toit de chaume et m'observait d'un air goguenard. J'étais certain qu'il n'était pas là quelques instants auparavant.

– *Ainsi donc, voilà le retour du fils prodigue. Que crois-tu donc avoir découvert qui ne nous soit pas déjà connu ?* me héla-t-il de sa voix moqueuse.

Tout est su, tout a été vu. Tout est prévu. Rien de ce que tu as fait, ou feras, ne peut changer le cours de la destinée qui t'a été tracée.

– *Si vous savez tout*, répliquai-je froidement, *alors tu sais quel feu anime mon cœur, et tu sais le danger qu'il y a à s'y frotter.*

– *Mais que crois-tu donc être, petit humain ?* railla encore le volatile. *Tu n'es qu'un pauvre mortel dont les parents ont fauté ! Le rejeton d'une union contre-nature auquel les Dieux, dans leur grande compassion, permettent de racheter sa rédemption !*

– *Je n'ai pas à payer pour les choix de mes parents.*

– *Tu partageras tout de même leur sort.*

Le corbeau éclata d'un rire cassant, mais je ne perdis pas de temps à lui répondre.

Aussi fatigué que je fus de constamment le trouver sur ma route, je savais qu'argumenter ne changerait rien à l'issue de l'échange.

Aussi choisis-je de ravaler ma rancœur et mes doutes... Un jour prochain, il serait le témoin impuissant de mon triomphe ! Jusque-là, chercher à le convaincre par la parole serait vain.

Je pris une profonde inspiration et pénétrai dans la chaumière de mon enfance.

Une odeur épouvantable flottait dans la maisonnée... Les étagères emplies de livres aux langages perdus, les sièges faits de peaux d'animaux disparus, la table gravée de symboles qui m'étaient inconnus... Tout, jusqu'à ma paillasse, était resté exactement à sa place, tel que je l'avais laissé.

Quant à Mîme, il n'avait pas changé. Lui aussi était exactement comme dans mon souvenir.

Ses paupières mi-closes laissaient entrevoir des pupilles jaunâtres légèrement révulsées. En position fœtale, il gisait inconscient dans ses déjections au beau milieu de la pièce.

Des bris de verre jonchaient le sol tâché de sang séché. De la bave et du vomi maculaient les joues criblées de cicatrices de la pitoyable créature.

Un sentiment de pitié indicible m'étreignit le cœur tandis que je le prenais délicatement dans mes bras pour le déposer sur sa couche. Il était si léger, si fragile... Il me semblait qu'il allait se désagréger entre mes mains.

Sa tête se renversa en arrière et je notai la forme étrange que présentait désormais son nez épaté - ce nez que j'avais cassé dans un élan de colère juste avant mon départ, et qui ne s'était pas correctement ressoudé.

Je l'emmitouflai dans des couvertures supplémentaires et entrepris de nettoyer un peu le sol en silence, comme j'avais coutume de le faire quand j'étais petit. Puis j'allai choisir une fiole au liquide orange - une de celles qui lui permettaient de dégriser, pour la déposer sur la petite table à côté de lui.

De fines couches de glace recouvraient les fenêtres, mais je pouvais tout de même voir la tempête de neige qui faisait rage au-dehors.

Fimbulvetr était sur nous, mais le feu dans l'âtre nous garantissait ce sanctuaire...

...et jusqu'à ce qu'Adelring soit reforgée, c'était tout ce dont nous avions besoin.

Alors, je rapprochai un siège et m'installai confortablement au chevet de mon père adoptif, attendant qu'il reprenne conscience, me demandant une fois de plus à quoi pouvait bien ressembler ce Royaume des Brumes dont il avait été banni et qu'il cherchait désespérément à retrouver dans ses songes.

Je fermai les yeux en ayant la sensation étrange de n'avoir jamais quitté ces lieux.

Et pourtant, je n'étais plus le même : les doutes m'avaient quitté, j'avais apprivoisé mes peurs, affûté mes colères.

Le visage de Brunehilde flottait dans mon esprit tandis que brûlait dans ma poitrine un feu que rien, jamais, ne saurait étouffer.

Demain, Adelring, l'épée de mon père, serait reforgée.

Demain, j'irais accomplir ce que les Dieux exigeaient.

Du même auteur

En Science-Fiction :

Lululand
– Tome 1 : *Lululand Ultraviolet*
– Tome 2 : *Lululand Infrarouge*
– *Lululand : L'Intégrale du Pays Noir*
– L'Édition Collector Deluxe *"Lululand Versicolore"*

En Dark Fantasy / Mythologie :

Prélude au Ragnarök
– Tome 1 : *Sigurd*
– Tome 2 : *Le Royaume des Brumes*
– Tome 3 : *Valkyrie*
– Tome 4 : *Scalde*
– L'Édition Collector, Tome I
– L'Édition Collector, Tome II, *à paraître*

A venir :

Chroniques du Ragnarök :
– Tome 1 : *Sigurd*
– Tome 2 : *Brunehilde*
– Tome 3 : *Bragi*
– Tome 4 : *Aslaug*

Si vous avez apprécié votre lecture, n'hésitez surtout pas à me laisser un commentaire sur Amazon. En tant qu'auteur, tout avis supplémentaire m'est infiniment précieux.

J'en profite pour adresser un grand merci à toutes celles et ceux qui ont pris la peine de m'écrire. L'écriture est une activité solitaire, et je vous suis sincèrement reconnaissant pour votre soutien et de vos encouragements.

Federico

Retrouvez-moi également :

sur Facebook
Federico saggio
Federico Saggio auteur

sur Instagram
federico_saggio_auteur

ou directement à l'adresse email :
contact.federicosaggio@gmail.com

Un mot de l'éditeur

Aux éditions Cavaliers Seuls, nous croyons que le voyage du lecteur ne doit pas se limiter à la seule lecture d'un livre.

Nous explorons toutes les pistes possibles pour offrir la meilleure expérience possible au lecteur, afin que ses univers préfères l'accompagnent dans son quotidien, dans l'espoir d'y insuffler un grain de rêve, enrobé de magie.

C'est pourquoi sur notre site, vous trouverez une gamme de produits dérivés de vos univers préférés : lithographies, mugs, marque-pages à l'effigie des héros qui vous ont fait vibrer... Et beaucoup d'autres surprises à venir !

Pour découvrir tout ceci, rendez-vous à l'adresse suivante :
www.editionscavaliersseuls.com

Et pour être sûrs de ne rien manquer de notre actualité ou des ajouts réguliers de notre boutique, n'hésitez pas à vous abonner à notre newsletter !

A bientôt !

Laurence Orru,
CEO des Éditions Cavaliers Seuls

Printed by Amazon Italia Logistica S.r.l.
Torrazza Piemonte (TO), Italy

49671224R00140